大使奪還オペレーション

制圧攻撃機《ブルドッグ》突撃す

大石英司

Ohishi Eiji

文芸社文庫

目次

主な登場人物

飛鳥《あすか》亮《りょう》三佐——航空自衛隊戦場制圧攻撃機《ブルドッグ》機長

歩巳《あゆみ》麗子《れいこ》——同副操縦士《コーパイ》にして財務省税関部特別審理官

野際《のぎわ》尚美《なおみ》准尉——同機付き整備士長兼航空機関士

間島《まじま》一曹——同センサーオペレーター

柴崎《しばざき》一尉——同医官兼物資投下指揮官

佐竹《さたけ》護《まもる》二佐——同《ブルドッグ》チーム指揮官

東尾《ひがしお》謙《けん》一尉——陸上自衛隊戦闘ヘリ『ディフェンダー』機長

辰巳《たつみ》静夫《しずお》曹長——同銃手兼整備士

丸山《まるやま》二佐——航空自衛隊新田原《にゅうたばる》飛行教導隊隊長

鳴海《なるみ》弘《ひろし》——外務省審議官、領事作戦部（略称《F2》）代表

前川《まえかわ》六朗《ろくろう》——フィリピン駐在大使

歩巳《あゆみ》伸也《しんや》——角紅商社代表取締役社長

早見《はやみ》——同ブビヤン・プロジェクト国内調達本部長

ステラ——同サン・ビセンテ事務所現地スタッフ

サム——同事務所所属ヘリ雇われパイロット

麻生《あそう》——マネジメントT&I社日本支社理事

弓月《ゆみつき》昭治《しょうじ》——警視庁警部

アラン・ナム・バードク——フィリピン・ゲリラNPA大尉

エミリー・バレンタイン——同医師、通称“マム”

藤岡《ふじおか》純也《じゅんや》——元日本赤軍メンバー

ホセ・イリガン——フィリピン陸軍少将

トーマス・サルムント——マネジメントT&I社マニラ支部分析主任

ここは、名誉や賞賛とは無縁な世界である——。

某防衛大学校長

一九九一年、〝砂漠の嵐〟作戦に参加中のアメリカ空軍ＡＣ―130が、カフジ攻防戦の混乱の中で墜落した。

同時刻、アメリカ派遣訓練へ向かうため、給油地のグアム・アンダーソン基地に着陸した航空自衛隊ＡＣ―130Ｅ／ＨＪ『ハーキュリーズ』スペクター攻撃機は、そこで塗装を替え、一カ月後無事日本へ帰還した。

〝訓練地〟が変更になったことに関して、詮索《せんさく》する人間がいないでもなかったが、防衛省の消息筋は、「公式にも非公式にも、自衛隊が湾岸戦争においてショー・ザ・フラッグを行なったことはない」とそっけない返事を遺《よこ》しただけだった。

確かに、歓迎会も勲章の授与もなかった。

なぜならそこは、名誉や賞賛とかいう華やかな言葉とは、無縁な世界だったからだ。

プロローグ

真っ白な背広で正装した男がリムジンから降り立ち、教会の中へと消えた。向かいのマッサージ・パーラー紛《まが》いの安宿のベランダから、二人の人間がそれを見下ろしていた。

「結婚式かい？」

「いや。コンパドレーだよ」

野戦服姿で、口髭をはやした若いほうの男が、訛《なま》りのない英語で、もう一方の日本人に答えた。

「スペインが起源だったと思うが、カソリック教徒のしきたりで、フィリピン独特のものだ。出産、結婚、成人式ごとに、代理の父親母親を立てて洗礼や儀式を行なう。かの連中のような身分のある富裕層は、ニノン・ニナン《ニノン・ニナン》として村社会の尊敬を集める。かのマルコス大統領は、一〇万とも二〇万ともいわれる件数をこなすことによって、その権威を維持し、拡大した」

「そうすると、君は二回は、その儀式を受けたわけだ」

「貧民窟で生まれた僕に、そんな経験はないよ。もちろん、宗教は民心の拠《よ》りどころだ。うかつに批判はできないがね」

日本人はミネラル・ウォーターの小瓶に唇を付けながら、ばつが悪そうな顔をした。喉元の汗を拭《ぬぐ》ってから、本題に入った。

「訪問のスケジュールは予定どおりだそうだ。駐在大使も同行する」

「本人は知っているのかね？」

「まさか。向こうの取締役レベルの計画だ。将軍が、途中で裏切るようなことさえしなければ、万事うまく運ぶさ」

「それは些末《さまつ》なファクターだよ。トップが裏切っても、部隊の指揮官クラスはもう従《つ》いて行きはしない」

「米軍は出てこないかな……」

「まさか。クラーク空軍基地は閉鎖されたし、フィリピン国内で起こるクーデター騒動にいちいちコミットしていたら、米軍は日曜日もなくなる。それに、被害者が日本人となれば冷淡なものさ。貧しいアキノ政権ですら、湾岸戦争に医療スタッフを派遣したのに」

「日米の反目《はんもく》は、あらゆる革命勢力の利益になる。それがわれわれの基本的な立場だ」

「日本へは帰るのかね？」

「作戦が終わるまでその必要はない。それに、向こうからの情報だと、僕がここにいることを公安当局はすでに把握《はあく》しているようだ。飛行機に乗って入管の窓口に立つわけにはいかなくなった」

「作戦が漏れるようなことはないだろうな」

「組織は毎週毎週、日本赤軍がどこぞの大使館を襲撃するとのガセネタを流している。連中は、俺たちがここでバカンスを楽しんでいるぐらいにしか考えちゃいないさ」

しばらくすると、着飾ったセレモニーの一行が教会のアーチから出て来た。どうやら洗礼式のようだった。車の列ができると、たちまち花のレイを持った裸足《はだし》のストリート・チルドレンが、乗客たちめがけて群がった。

「フィリピンの富の九〇パーセントを、わずか一〇パーセントの支配階層が独占している。残りの一〇パーセントを貧しい九〇パーセントの民衆が奪い合う。よく見ておいてくれ。これがフィリピンの現実だ。僕はこの手で、あの子どもたちにせめてサンダルを与え、教育を受けるチャンスを与えてやりたいと思う」

日本人は、青年のナイーブさに危ういものを覚えたが、えてして革命運動に身を投じる動機はそんなものだ。

同意のしるしに頷《うなず》くと、日本人はミネラル・ウォーターを一気に飲み干した。正直なところ、彼にとっての革命は、大学を退《や》めて家を飛び出した二〇年前に終わっていたのだが……。

1章　誘拐

宮崎《みやざき》県・新田原《にゅうたばる》・航空自衛隊第五航空団飛行教導隊。

滑走路を28方向へ、迷彩塗装のF―15DJ『イーグル』戦闘副座練習機が、翼端から発生する水蒸気の白い煙《コントレール》を引いて、ハイアングルで急上昇して行く。

飛鳥亮《あすかりょう》三佐は、地上でそれを見ながら副座戦闘機《DJ》の風防《キャノピー》ガラスを開けると、酸素マスクを外して前部シートに立った。

「どんなもんだい？」と、お目付けについた若い一尉を振り返った。

「こんなに無茶な操縦をされたんじゃ、パイロットより機体のほうが先にオシャカになりますよ」

「空中戦《ドッグ・ファイト》で手加減すると、失うのは機体だけじゃないってことを覚えておくといい。もっとも、俺がイーグル・ドライバーのライセンスを失ったのもその無茶のせいだが」

「隊長は面目《めんぼく》を潰《つぶ》されてご機嫌を損《そこ》ねてますよ」

「レシプロ機に乗っていたころから、俺のほうが腕は上だったんだ。まさか勝てると思っていたとも思えんがな」

はしご《ラダー》が掛けられると、飛鳥はほんの一時間の特等席――一機一〇〇億円もする価格を考えると、そこは実際、世界で最も高価な椅子だった——から駐機場《エプロン》へと降りた。

待機室《アラート・ルーム》の監視窓の外に並べられた長椅子に座ると、飛行教導隊の隊長を務《つと》める丸《まる》山《やま》二佐が不機嫌な表情で向かって来た。頬に、マスクの痕跡がくっきりと残っていた。

整備士にヘルメットを投げると、代わりにスポーツドリンクの一リットル・ボトルを受け取って一メートルばかり離れて腰を降ろした。

「俺は隊長なんだ。少しは花をもたせろよ」

「まあ、センスの問題だろうな」

「貴様《きさま》が最後にイーグルに乗ったのはいつだった？　こっちは三日とおかず操縦席《コクピット》に座って９Ｇもの重力と戦っているんだぞ」

「偉いさんはデスク・ワークとか大変だろう。空中戦のお勉強に専念するわけにはいかん。こっちは気楽に乗れる。負けて当然の勝負だからな。俺は燃料配分なんて考えなかったし、ずいぶんと手荒く操った。目標を視認したら、確認もせず攻撃に転じた」

「大事なのは、経過じゃなく、ひとえに結果だ。撃墜したか、されたか。俺はいつも部下にそう教える。貴様が俺の椅子に座ってりゃあよかったんだ。そうすりゃあ、俺は今ごろ自衛隊を辞めてジャンボの機長だ。スチュワーデスとよろしくやっていただろうに」

「それは残念——」

「向こうはどうだった？」

　丸山は口調を改めて尋ねた。

「季節が幸いしてくれたよ。視程距離がないのには参ったがね。砂漠という感じはなかったな」

「勲章もパレードもないのに、まったくよく働くよ」

「俺は、ただ飛ぶためだけに自衛隊にいる。パレードなんかで猿回しみたいに引きずり回されたいとは思わんね」

「ときどき思うよ。この歳《とし》まで飛んで、一緒に飛んだ仲間を四人も失った。機材のトラブル、悪天候、空間識失調《バーチゴ》……。連中の犠牲はなんだったんだろうって」

「好きでパイロットになったんだ。俺は本望だと答えたいな」

「お前はいいよ。そう簡単に割り切れて」

「ま、いざという時は呼んでくれ。《ブルドッグ》で助けに来る」

「冗談はよせ。いくら《ブルドッグ》が〝空飛ぶ砲台〟と言っても、俺のイーグルは、ハーキュリーズの四倍の速度で飛ぶんだぞ」

「なんなら、《ブルドッグ》対イーグルで模擬空中戦をやってもいいんだぜ」

「やめとく。どうも分《ぶ》が悪そうだ」

　オレンジ色の飛行服《フライト・スーツ》姿の二人は、防大時代からずっとそうしてきたように、大声を上げて笑いながら互いの拳《こぶし》を突き合わせた。

そこは、世間から隔絶された世界だったが、彼らはしかし、世俗の人間と別段変わるところがあるわけでもなかった。パイロットである点を除いては。軍人である点を除いては――。


航空自衛隊が所有するC―130E／HJ『ハーキュリーズ』輸送機を元に作られた戦場制圧攻撃機AC―130E／HJ『スペクター』は、外務省領事作戦部（略称《F2》――もちろん公式には存在しないことになっている）の指揮下にあり、対麻薬戦争を密《ひそ》かに行なうことを任務とする。支援組織は、防衛省を核にはしているが、警察庁、海上保安庁、財務省からすら人材を出向させている。省庁の垣根を越えて横断するグローバル組織というのが、チームを指揮する外務省審議官鳴海弘《なるみひろし》の見解だったが、霞《かすみ》が関《せき》の彼の同僚たちは、声を潜《ひそ》めて「あれは組織の序列からはみ出た連中の掃《は》き溜《だ》めだよ……」と陰口を叩いた。

本人たちは、皆その点を充分に認識していたので、別に反論はなかった。

しかし、《ブルドッグ》の存在（『スペクター』の機首部分が、ブルドッグにそっくりであることから、チームのメンバーは皆そう呼んでいた）を、頼もしく思っている政府関係者が数えるほどであることも、また事実だった。

《ブルドッグ》は、ハーキュリーズ輸送部隊が駐留する愛知県小牧基地をホームベースとし、他人目《ひとめ》に触れる心配のない硫黄《いおう》島で訓練を行なっていた。そのハードな訓練ぶりは、下で見ている管制官連中から、〝クレイジー・ダンス〟と呼ばれていた。硫黄島に駐留する米軍の人間は、〝自殺ダンス〟とか、あるいは〝カミカゼ・トレーニング〟と呼んだ。さほどの誇張のない証拠に、クルーは、士官を除いては長男や家族持ちを除外していた。

《ブルドッグ》は、胴体の左側面をぶち抜き、二〇ミリ機関砲二門と、通常は戦車が装備する一〇五ミリ・ハウザー曲射砲一門を装備した上に、ヘリコプターから装甲車まで、一〇トン近くもの重量物を荷台《パレット》に載せて搭載、空中投下できた。

機長の飛鳥は、その《ブルドッグ》の荷台室《カーゴルーム》を生活の根拠としていた。アパートはあるにはあったが、私物はいっさいなし。私物を溜め込まないのは、防大から空白の幹部候補生学校へ進んだ後、二年間、航空学生として日本じゅうの基地を渡り歩いた時の諦《あきら》めからだった。

パイロットは、まさに鳥のような身軽な生活をモットーとしていた。

彼がまだ、人並みな人生設計を描いていたころ送った結婚生活は失敗に終わった。無鉄砲な操縦が災いして、イーグル・ドライバーは半年で馘首《くび》になった。もちろん、出世には何の縁もない。他のクルーも、彼と似たり寄ったりの鼻つまみものだった。

飛鳥はキャンバスの粗末なベッドから左腕を降ろすと、アイス・ボックスの中をまさぐって、冷えたバドワイザーを取り出した。

「重いぞ……」

「もう少し」

胸の上で麗子《れいこ》がもぞもぞと動いた。歩巳《あゆみ》麗子は、《ブルドッグ》のクルーの紅一点だった。それも自衛隊員ではない。財務省税関部特別審理官という厳《いかめ》しい肩書きを持っていた。麻薬対策絡みでメンバーとなったが、双発機のライセンスを所有していたために、以前の副操縦士《コ・パイロット》が負傷して抜けた後に飛鳥の右腕として抜擢《ばってき》された。父親は日本で三本の指に入る巨大商社の社長で、およそ場違いなお嬢様だった。

「シャワーが欲しいわ」

「素《す》っ裸でエプロンに出ればいい。機体を洗うためのジャンボ・シャワーがある」

「もう少し、まともな生活をしなさいよ」

「どんな生活をまともだと言うんだい。軍用機のパイロットっていうだけで、もうまともじゃないさ。国じゅうが金儲けに浮かれているさなかに、砂漠で血を流して来いと命令される」

「そういうことじゃなくて、非番の日はネクタイ締めてクラシックのコンサートに行くとか、釣りとかハイキングとかの趣味を持つのよ」

飛鳥はビールを吹き出すのを堪《こら》えた。

「ハッハッ。そんなのは、毎日ネクタイ締めて満員電車で会社に通う企業戦士とかに言ってやんなよ。俺はご免だね」

「人が親切心で言っているのに……」

「そりゃどうも」

「明日、新しい機付き長が来るんでしょう?」

「ああ、隊の外から来るそうで、名前はまだ聞いていない」

「隊の外からって、ハーキュリーズはここ小牧以外には配備されていないんじゃないの?」

「術科学校あたりから教官崩れでも来るんじゃないのか」

「ふーん、そうなの」

「前回のことがあるんで、希望者がいないとは聞いている」

「当然よね。パイロットでもないのに、あんな無惨な死に方をするんじゃ」

麗子はそう言いながらも、右手を下腹部へ這《は》わせた。

「ねえ、もう一回……」

「ブルジョアは満足することを知らんから嫌いだよ」

飛鳥は、ビールを飲み終わるまで麗子をじらせた。夜は始まったばかりで、巨大格納庫《ハンガー》には、二人の荒い息づかいが微《かす》かに響くだけだった。

角紅商社《かくべに》を率《ひき》いる代表取締役社長歩巳伸也《しんや》は、フィリピン駐在大使の前川六朗《まえかわろくろう》とリムジンの中にいた。路面状態がよくないせいで、リムジンは小刻《こきざ》みに振動を繰り返した。ワイン・クーラーが備え付けられてあったが、誰もそれを開けようとはしなかった。

「補修が必要だね。この道路は」

前川大使は、分厚い防弾ガラスの向こうに広がる一面のサトウキビ畑を見やりながら呟《つぶや》いた。

前川は、さほど外交官という角張った印象を与えない男だった。よくゴルフ焼けしており、背広よりバロン・タガログを好んで着る、気さくな外交官だった。

一方の歩巳社長も、〝郷に入っては〟の主義で、長らく外国暮らしが続いたせいで、ビジネスライクな発想とフランクなスタイルが身に付いていた。こちらは、前川よりゴルフ焼けしていた。

「この道路の舗装化工事を受注したのはわが社で、資金は政府開発援助《ODA》から出ました」

向かい合って座るフィリピン支店長の佐伯浩一《さえきこういち》が答えた。

「とはいえ、日本政府も作ったあとの補修までは面倒見きれんよ。ここいらへんの経済はうまくいっているのかね。やけにサトウキビばかりが目立つが、すでに収穫の時期は過ぎました。冬に短い乾季がありますが、雨季と呼べるようなものはありません。開発向きの土地です。国際市場での砂糖価格の下落傾向は底なしです。飢饉とまではいきませんが、かなり逼迫《ひっぱく》した状況で、新人民軍《NPA》が喰い込んでいます」

「危険じゃないのかね？　テロやゲリラが原因で、いったん進出を決めた日本企業が撤退したとなると、現地国民に悪い印象を与える。昭和六十一年の『若王子《わかおうじ》事件』では、後になって赤軍が糸を引いていたことが判明し、日比関係はずいぶんぎくしゃくとした。あの轍《てつ》は踏みたくないな」

「大使、これは、わが角紅商社が、フィリピン支店開発一〇〇周年の記念事業として一〇年がかりで行なうものです。総事業費は一兆円にも及びます。失敗はあり得ません」

歩巳は自信ありげに答えた。

「とはいえ、その半分の資金は、ＯＤＡとして日本人の税金から支出される」

「建設を請け負《う》うのは、日本の建設業界で、実際に人を出すのは、こちらの現地法人ですから、大部分の投入資金は、いつものように日本に返って来る仕組みになっています。問題はありません」

「警備も万全です。地域警備には正規軍が責任を負いますが、作業現場ではセキュリティ・ガードも雇っています」

支店長が答えた。セキュリティ・ガードというのは、フィリピン独特のシステムで、武装することが許されたガードマンだった。

「プロジェクトの進展具合は？」

「ホテル等を建設する前の上下水道及び空港からの幹線道路を整備する第一次基盤整備事業が、滑走路のかさ上げと並行して行なわれています。進捗《しんちょく》率は四〇パーセント程度で、遅れはありません」

「妨害行為は？」

「日本から左翼系のメディアを招いて、環境破壊を訴えている連中はいますが、直接的な嫌がらせはまだありま――」

その瞬間、大音響とともにリムジンが激しく揺れた。気がつくと、窓の外を土煙が舞って視界を覆《おお》っていた。

「トラックが吹き飛びました！」

歩巳は、後部席から身を乗り出し、前方を見やった。五〇メートルほど前で、武装したセキュリティ・ガードを載《の》せていた軽トラックは跡形《あとかた》もなく、走っていたと思われるところから白煙が湧《わ》いて出た。

「じゃあ、これが最初の嫌がらせなわけだ」

大使は、まるで他人事《ひとごと》のように呟いた。

「車をバックさせろ！」

リムジンが幅の狭い道でのろのろとバックし始めた瞬間、軽機関銃のカタカタという響きが聞こえて来た。防弾ガラスに数発が当たり、蜘蛛《くも》の巣を張ったようなひびが入った。

「伏せてください！」

歩巳社長が大使の上に覆いかぶさると、支店長が肘掛《ひじか》けを上げて中からピストルを取り出した。タイヤがパンクし、リムジンが沈む。リムジンの後ろにぴたりと付いていたお付きのパジェロのエンジンが止まるのが解《わか》った。運転手は、パンクしたタイヤでなんとかパジェロの間隙《かんげき》を縫って脱出しようとしたが無駄だった。地面が床下《ゆか》をこすったかと思うと、それっきり動かなくなった。

十数秒の後、あたりに静けさが戻って来ると、リムジンの周囲を、武装した十数名の男たちが囲んでいた。

「そのピストルを仕舞《しま》え」

歩巳社長は支店長に命じた。

「助けは呼べないのか？」

「軍用無線機はトラックにしかありませんでした」

一人の兵士が、M—16自動小銃の筒先で、コツコツ防弾ガラスの窓を叩き、ドアを開けろと命じた。

「正直な話、私は機会があれば、彼らとフィリピンの将来についてじっくり話し合いたいと思っていたのだよ」

「大使、貴方のようにウイットに富んだ方が一緒だと、半年や一年は辛抱《しんぼう》できそうだ」

支店長が口の中で「一年だって⁉……」と呻《うめ》きながら、しぶしぶドアを開けた。

歩巳は、自ら進んで車を降りると、背筋を伸ばして威厳を正した。一同のゲリラ兵を見渡し、

「私は、商社角紅の社長、アユミだ。君たちの指揮官は誰かね？」と穏《おだ》やかに質《ただ》した。

「名乗りを挙げていただいて光栄ですな」

一団の中の一人が、小銃を構えたまま答えた。さほどの威厳があるわけでもない。ちょっと見には指揮官には思えなかったが、やけに滑《なめ》らかな英語だった。

「われわれはＮＰＡ。この地区での宣撫《せんぶ》活動を指揮するアラン・ナム・バードク大尉だ」

「バードク大尉……。これは、何かの偶発的な事故かな」

「残念だが、そうではない。貴方と、日本大使を、われわれのホームベースへ招待するために、私はここにいる。貴方の会社が日本の政府開発援助で北ルソン一帯でやっていることを、われわれは歓迎しない」

バードク大尉は、部下に、リムジンのトランクを開けさせ、荷物を出すと、リムジンと後続のパジェロを壊《こわ》すよう命じた。

サトウキビ畑の中から、場違いな格好をした年長の男が現われた。腰にピストル・ホルスターを下げてはいたが、上は、フィリピンのフォーマル・ウェアである真っ白なバロン・タガログを着ていた。

男は、日本人だった。

「道の真ん中で申しわけないですな。歩巳社長、前川大使。どうも、この連中は加減というものを知らんようで。セキュリティ・ガードというヤクザ紛《まが》いの私兵をとりわけ嫌ってましてね」

「日本赤軍かね？」

「君の顔は手配書で見た記憶がある。ずいぶん老《ふ》けたな」

前川が皮肉げに言った。

「往年の革命家も、年齢との戦いに勝利する戦法は知りませんでね。お二人には、角紅本社と日本政府から、われわれが満足のいく回答を得られるまで、キャンプ生活を送ってもらいます。佐伯支店長は、メッセンジャーとして、マニラへ帰っていただく」

「条件は何だ？」

「環境破壊の元凶たるブビヤン・プロジェクトを即刻中止するのが、ＮＰＡの要求だ。

日本赤軍の要求は、米ドルによる一億ドルの支払い。邦貨で約一四〇億円。角紅商社にとっては、たいした額じゃない」

「君は私がオーナーじゃなく、サラリーマン社長だということを知らんのかね?」

「知ってますとも。だが、海外貿易と、ODAの霞《かすみ》を喰ってぼろ儲けしている角紅としては、外務省の手前、出さんわけにはいかんでしょう。私がここで顔を出す理由は、若王子事件の轍を踏まないためです。フィリピンへの観光客が激減して、フィリピン経済は打撃を受けた。われわれは、帝国主義者による買春ツアーには反対するが、こういう形での被害を被《こうむ》ることも希望しない。革命グループに日本人がいたことを忘れずに伝えて欲しいな」

　支店長とお付きの連中がロープで縛られ、サトウキビ畑の中へ転がされると、ポツポツと、雨が降って来た。

　日本人のテロリストは空を見上げると、「台風が来るな……」と言った。

「しばらくは軍隊も身動きは取れない。その間に、われわれは充分距離を取れる」

　バードク大尉が無味乾燥な表情で「行け」と命じると、歩巳は上着を脱いで歩き始めた。刈り手のいないサトウキビ畑は、無限に続くかと思われた。

　ロープを解いた佐伯支店長が、道路を歩き始めたころには、あたりは完全なスコールに覆われ、視界は一〇メートルを切っていた。

二人の捕虜とNPAの足跡は、そのスコールで消し去られた。六名の現地人が死んだその事件の消息も、それが最後となった。

飛鳥と麗子は、《ブルドッグ》のコクピットの真後ろに設けられた電子機器コンソールに就《つ》くセンサー・オペレーターの間島《まじま》一曹から新装備の説明を受けていた。

「そのヘルメット・サイトを装着してみてください」

ヘルメットの右側に、ミニサイズの潜望鏡のような形をしたモニターが付いていた。

「オーバー・ウェザー・ルッキング・システム。頭文字を取ってOWL。つまりふくろうシステムです。システム全体としては、アパッチ対戦車ヘリの赤外線投影システムと同じ、モニターの構造は、市販のハンディ・ムービーと同じです。これまで《ブルドッグ》の飛行用赤外線暗視能力は、前方赤外線監視装置《FLIR》のみでしたが、パイロットの飛行情報用に、別個に動くものを装備しました。パイロットが顔を向けた方向に、カメラが動きます。カメラ自体は一台しかないので、通常は、操舵輪《ホイール》を持つ人間が優先されます。攻撃フェーズに移って、機長が固定カメラでの操縦に専念するようになれば、カメラの駆動系は自動的に副操縦士に移ります。映像はこちらでもモニターできます」

飛鳥はヘルメットをかぶり、右目のアイピースをいじった。

「ホーム・ビデオでガキの映像を撮《と》るってことがないもんでな。どうも使い勝手がよう解らん……」

昼間のノーマルな風景がモニターに映《うつ》った。

「正面を水平に見てください。ジャイロを固定します」

「こうか？」

「ええ……」

小牧基地きってのコンピュータ・ハッカーでもある間島一曹は、まるでピアノの鍵盤を叩くような流麗なブラインド・タッチで、キーボードを叩いた。「オーケーです。自由に動いてください。カメラが回ります」

飛鳥が首を回すと、それに連動して動くカメラが、小牧基地内の殺風景な風景を映し出した。

「うん。なかなかいいねぇ。コクピットからの死角を見られるのがいい。オーバー・ウェザーってことは、雨でも使えるということかい？」

「物理学の法則は無視できませんよ。フラッド・ライトを照射することによって、ある程度はカバーできますが、それでも赤外線は水分にひじょうによく吸収されます。解像度は落ちますが、飛行に用いるミリ波レーダーでカバーするしかありませんね。ウェザーってのは、昼夜のことであって、天気のことじゃありません。販売元が付けたんですよ。確か角紅だったと思いますが」

「あら、父の会社だわ」

「へえ、あんたの親父さんは死の商人もやってんのかい？」

「仮にも自衛官が、死の商人だなんて侮蔑的な言葉を使ってもらいたくはないわね」

麗子が不機嫌に答えた。

「角紅は、純然たる武器は扱ってないはずよ」

「そうですね……。まあ。ざっとこんなもんです」

間島がキーボードを叩くと、角紅商社が扱っている『貿易管理令制限品目』という画面がモニターに現われた。

「まあ、高精度空中戦評価システムとか、電子機器のハードウェア中心ですね」

「何の画面なの？　これ」

「防衛省や経済産業省向けに、メーカーさんが開放しているコンピュータ・ネットワークですよ。然《しか》るべき省庁に登録されたコンピュータ端末と、パスワードさえあれば、誰でもアクセスできます。もちろん僕は、個人所有のパソコンからでも侵入できますが。その会社が扱っている商品、在庫状況が一目《ひとめ》で確認できるんです。ただし、このように、『在庫アリ』と表示されるだけで、具体的な個数までは公開されません。ハッキングして知る方法はありますけれどね」

「総合商社ってのは何でも売るんだな」

「それが商売ってものでしょう。故障したら父に文句言ってやるわ」

飛鳥が操作するカメラは、エプロンを横切って真っ直《ま》ぐ《す》《ブルドッグ》へ向かって来る、一人の女性を捉《とら》えていた。

麗子は、今では階級章の読み方を覚えていた。その女性は、准尉《じゅんい》の肩章を付けていた。彼女より、ほんのちょっと歳上という感じだった。

飛鳥が「まさか……」と小声で呟いた。

「知っている女性なの？」

飛鳥はそれには答えず、ヘルメットを乱暴に脱ぎ捨てると、ドアを開けてラダーを駆け降りた。何か尋常でない雰囲気だった。

「音響センサーを入れてちょうだい」

「ええ？　盗み聞きするんですか……」

「いいから早く！」

飛鳥は、真っ白な夏の制服で近付いて来る女性に、躊躇《ためら》いがちの足どりで近付いた。男に気付くと、女はにっこりと微笑《ほほえ》んで歩調を早めた。

機内からその様子を見る人間には、恋人同士の再会にも思えた。

「お久しぶりね、亮」

麗子は眉毛を吊り上げて「リョウですって⁉……」と呻《うめ》いた。

「小松《こまつ》にいたんじゃなかったのかい？」

「夏の異動で、四日前着いたばかりよ」

「正太《しょうた》も一緒かい？」

「もちろん。もう三年生よ。やんちゃ坊主で困っているわ。きっと親父に似たのね」

女は、《ブルドッグ》の翼の先端まで来ると、両手を腰にあてがい、不格好な機体を見上げた。

「そう……。これが噂に聞く《ブルドッグ》ね。ずいぶんと手が加えられているようね」

「ああ、機体整備と電子整備の両方の知識がないと、こいつの整備はままならん。また整備教官を？」

女は、意味深《いみしん》な笑みを漏らした。

「たまには現場にも出ないと、知識が錆《さび》ちゃうわよ」

「誰が命じたんだ？　佐竹《さたけ》さんかい」

「私が機付き長じゃ、心許《こころもと》ないかしら？」

「おいおい、冗談は止《よ》してくれ！」

飛鳥は険《けわ》しい表情でにじり寄った。

「《ブルドッグ》の機付き長は、機体に乗り込んで、任務《ミッション》をともにすることになっている。前の機付き長がどうなったか、知らないのか⁉」

「小石《こいし》さんは、残念だったわ。手先が器用で熱中するタイプで、整備向きの性格だったわよね。でも、自衛隊にいる限り、危険はどこにでもある。承知のはずよ。私も貴男《あなた》も、そのことは一〇年前に学んだし、克服した」

「正太はどうなるんだ⁉」

「大丈夫、あの子は父親に似て孤独には慣れているわ」

「そんな問題じゃないだろう！」

突然、《ブルドッグ》の機外スピーカーが、がなり立てた。

「機長！　飛鳥機長。機付き長の着任なら、さっさと機内に招待してクルーに紹介してくださいな」

麗子がカリカリした声で紹介を求めた。

「佐竹さんにねじ込んで、君を学校に戻すよう手配してもらう。《ブルドッグ》の機付き長だなんて冗談じゃない！」

飛鳥は《ブルドッグ》が搭載《とうさい》しているバイクを出すためにラダーを駆け上がった。

「みんなに紹介してよ」

「君がこの機体について知る必要はない」

女は飛鳥の後ろに続いて、慣れた素振りでラダーを上ると、クルーに向かって敬礼した。

「《ブルドッグ》の機付き整備士長兼航空機関士として本日付けで着任しました。野《の》際《ぎわ》尚美《なおみ》准尉です。よろしく皆さん」

麗子は、ライバルを子細《しさい》に観察した。飛鳥とは訳アリの関係のようだが、子持ちにしては肌がつやつやしていた。ショートカットも年齢を五歳かそこいら若返らせていた。半袖のシャツから露出する腕は、麗子のそれよりごつごつしていたが、頼りがいがありそうだった。結婚指輪が目に付いた。

「機長、紹介してくださいな」

「明日には別の機付き長が着任する。その必要はない」

「そんな勝手な――」

無線機が、ピッピッと断続音を立てた。

間島が取った。

「こちら〝フリー・ライダーズ〟……ええ、今着任されました」

「隊長か？」

「はい」

飛鳥は「貸せ」と命じながら、ヘッドセットを間島の頭から乱暴に取った。

「佐竹さん。こりゃあ何の真似ですか⁉」

「その話は後回しにしろ。歩巳君に鳴海さんから緊急の電話が入っている」

「そこで待っててください。話を付けてやる！」

飛鳥はヘッドセットを麗子に投げると、後部キャビンへと向かった。

「カーゴ・ドアを開けろ。出るぞ」

バイクのエンジンをふかせる。いつもはそれで誰かがカーゴ・ドアを開けてくれた。

飛鳥は、パレットの上を数メートル前進して、壁際《ぎわ》の開閉ボタンを自分で押した。

「ちょっと待って！」

麗子が追いかけて来ると、ヘルメットを取って後ろに飛び乗った。

「ゲートのタクシー乗り場までお願い」

「何の騒動だ？」

「フィリピンで、日本大使と一緒に父が誘拐されたらしいの」

「やれやれ、今日は厄日《やくび》だな」

「訳アリのようね。彼女と」

「何でもない。この人事は再検討してもらう。ＮＰＡか？」

「解らないわ」

「大使も一緒なら、外務省だって少しは本気で救出活動をするさ。毎日インシュリン注射を打たなきゃならないとか、狭心症だとかじゃないんだろう?」

「ピンシャンしているわよ。二、三カ月ならダイエットにいいかもね。状況を確認したら、すぐ帰って来るわ」

「確かマニラには俺の知り合いの駐在武官がいたはずだ。こっちでも当たってみるよ」

「お願い」

飛鳥は、結局麗子を新幹線に乗せるため、バイクで名古屋《なごや》駅まで送り届けてから、司令部に戻った。

輸送隊司令部内に間借りするわずか四畳半の司令部には、《ブルドッグ》チームの自衛隊側の指揮官を務める佐竹護《まもる》二佐のデスクと、通信セットが置かれているだけだった。

「どういうつもりなんですか?」

「何がだ……」

「なんで尚美《まさ》が機付き長なんです⁉」

「彼女に優るベテランはいない。望んでも彼女の半分の技能の持ち主ですらうちには来ちゃくれんよ」

「万一、彼女に何かあれば正太はどうなるんです? 親父の時と同じ思いをさせるつもりですか？」

「そうならないよう願っている。ところで、君は歩巳君と結婚するつもりでもあるのかね？」

「あんな金持ちとの夫婦生活なんて考えたこともありませんよ。それは彼女も了解ずみです。だいたいあんたは、野際とのことだって……。俺と尚美を結婚させようってんじゃないでしょうね？」

「それは彼女が望まないよ。今さらそんなことを持ち出せるわけでもない。機付き長の成り手がないっていう噂を耳にして彼女が志願してくれたんだ。一度は家族持ちという理由で断ったがね、彼女は言った。野際が果たそうとした義務は、自分も果たすと……。そこまで言われちゃあ、われわれは拒否できんよ」

　飛鳥は首を振りながら溜息を漏らして、しばらく考えた。

「……じゃあ、内規《ないき》を変えましょうよ。機付き長は、地上に留《とど》まり機付き長としての義務を果たす」

「そこいらへんが、ベターな善後策だろうな」

「解りました。もう一度彼女と話し合ってみるつもりですが、着任の件は了解します」

「うん。正太も一緒に歓迎会でも開いてやれ。それと、フィリピンに関して、ひととおり調べておいてくれ」

「まさか?……」

「念のためさ。フィリピン政府は、NPAに対して対話姿勢から転換して対決姿勢を明らかにしている。日本自体も、テロリストとは交渉しないというのは、西側先進国首脳の確認事項だ。テロリストと交渉しないために、われわれが存在する」

「了解」

しっくりこない部分はあったが、飛鳥はそれで退《さ》がった。出撃するたびに毎度毎度機付き長が死ぬと決まったわけじゃない。そう楽観視するしかなかった。

麗子は新幹線の車中から、会社の社長秘書室へ電話をかけた。ごたごたした対応に、要領を得ない話しか聞けなかった。杉並の自宅へ電話をかけると、賄《まかな》いのおばさんが一人で留守番していた。まだニュースは届いていないようだった。母親は四年前に病死していたので、家にマスコミが押しかけるとなると大変だった。会社から誰かを留守番に回してもらう必要がありそうだった。

東京駅に降り立つと、出迎えの人間が改札口で待っていた。

「ご無沙汰《ぶさた》しています。お嬢さん」

三〇代半ばの畏《かしこ》まった口調の長身瘦軀《そうく》の男は、強《こわ》ばった笑みを少しだけ漏らした。

麗子はその困惑した視線を浴びて、自分がフォレスト・グリーンのフライト・スーツ姿のまま新幹線に飛び乗ったことに遅まきながら気付いた。

「ごめんなさい。飛行機に乗っていたもので」

彼がどの程度、今の自分について知っているかどうか解らなかったので、適当にごまかした。

「でもお嬢さんは止《よ》してよ、早見《はやみ》さん……。元気そうで、結婚した？」

「僕は仕事と結婚したようなものですよ」

外務省へ向かう車の中で、早見と呼ばれた男は、ほんの三〇秒で終わる状況説明を行なった。

「ブビヤン・プロジェクトの視察途上を襲われました。日本赤軍の元メンバーも犯人グループに加わっているようです。一億米ドルという法外な身代金要求と、プロジェクトの中止要求がありました」

「確か早見さん、ブビヤン・プロジェクトの国内調達本部長なんでしょう？」

「まあ、雑用係ですよ。現地の支店長は、僕が入社した時の最初の上司でした」

「それに、父はブビヤン・プロジェクトに力を入れていた。ダーティな角紅商社のイメージを変える、自分の最後の仕事だと言っていたわ」

「最後なんてことはありませんよ。社長にはまだまだ第一線にいてもらわないと困ります。ご無事だとよろしいんですが……」

外務省では、領事作戦部を率いる鳴海が、テレビ・モニターと通信社のファクシミリが並ぶオペレーション・ルームで待ち受けていた。鳴海家と歩巳家は、カイロでの大使館員と駐在員として知り合って以来の付き合いだった。その後、鳴海はニューヨークで麻薬事件絡みの銃撃戦に巻き込まれて妻と一人娘を失った。鳴海にとっては、麗子は今では自分の娘も同然だった。

「間もなく領事移住部の担当が顔を出す。マニラから電文が届いているさなかでね」

「ご迷惑をおかけします」

「これも外務省の仕事のうちさ。そのために給料を貰《もら》っている。事件が起きたのは昨日らしい」

早見が説明した。

「先週、ルソン島を見舞った台風で、電話網が各地で寸断されています」

「現地大使は、ジョークが好きなタフな奴だし、君の父上は泰然自若《たいぜんじじゃく》としたもんだ。家族を前にこんな慰め方をするのもなんだが、時間さえかければ無事救出できると思う。お父さんは持病はないいね？」

「ええ。ゴルフ焼けしてますから、ちょっと持病をでっち上げるのも無理ですね」

鳴海はボサボサの髪をかき上げた。その風貌は外交官というより、停年を待つだけの窓際《まどぎわ》のサラリーマンといった観があった。

「君の会社は、マネジメントT&I社とも契約しているんだろう?」

「はい。フィリピン情勢に関しては一級の情報を持っています」

「どういう組織なの?」

「マネジメント・テロリズム&インテリジェンス社。ロンドンに本部を置く民間の危機管理会社です。世界じゅうの保険会社は、毎年ここが発行する地域情報年鑑を参考に保険の利率を決定するぐらいです」

「連中と協力することになるのかな?」

「それは、緊急取締役会の決定待ちということになりますが、いずれにせよ、外務省の指導には従います」

「いや、そういう意味で言ったんじゃない。外務省の面子《メンツ》だとか、私はあんまりとらわれないほうでね、安全に救出できるのであれば、まあ個人的な見解になるが、むしろ経験のある連中に任せたほうがよさそうな気がする。知ってのとおり、日本政府は、アメリカに同調する形で、テロリストとは交渉せずの方針を明言している」

　ファックス用紙を持った年配の男が入って来た。

「ああ、紹介しよう。領事移住部の萩本《はぎもと》次長だ。こちらは、財務省にお勤めの歩巳さんのお嬢さんだ」

「ほう……。財務省はパイロットも雇《やと》っているんですか」

「すみません。着替える暇がなかったものですから」

「いやいや。ここでヒステリックに泣きわめかれるよりは、マシンガンを持って救出に行くぐらい、度胸が座っている家族のほうがわれわれは助かりますよ」

萩本はパイプ椅子に腰かけると、ファックス写真を配った。

「誘拐犯の中にいた日本人の身元が解りました。元日本赤軍メンバーの藤岡純也《ふじおかじゅんや》、四一歳です。西の某国へ渡ったあと、ヨーロッパで行方不明になった日本人旅行者のパスポートを所持して、フィリピンに入ったことまでは、われわれも確認しています」

「藤岡ですか……。私がいる税関部でも、彼は要注意人物です。ピストルと麻薬類の密輸で、しょっちゅう名前が上がります。赤軍を除名された理由も、彼がダーティなビジネスに手を出したからですが、このごろ組織との付き合いを復活したという噂もあります」

「儲けているんですかね……」

「あくまでも噂ですが、フィリピン人のパスポートを取得して、香港《ホンコン》あたりで豪遊しているという話です」

「N P A《ニュー・ピープルズ・アーミー》の動きはどうなんだね？」

と鳴海が、メモに目を走らせながら質《ただ》した。

「よくありませんね。一時期、政府側との融和姿勢を見せましたが、何しろ政府があの調子ですから。それに、未確認ですが、バギオ出身の軍人、ええと名前は何だったっけな……」

「ホセ・イリガン陸軍少将です」

早見が答えた。

「そうそう。彼がルソン島北部で私兵集団を養い、クーデターを起こすという噂がある」

「わが社では、確認できていません。ブビヤン・プロジェクトの鍬《くわ》入れセレモニーにも出席してもらいました。このプロジェクトには好意的な人物です」

麗子は、内心で失笑を漏らした。父の会社で〝好意的な人物〟と呼ばれるには、それなりの条件がある。要するに開発費の数パーセントをマージンと称して、袖の下から渡してあるということだ。

「当地の大使館は、ただちに、参事官を代理大使に任命し、フィリピン政府に接触を図《はか》りつつあり、情報収集と、強行解決策への自制を求めた。事件発生後すでに二四時間経過するも、犯人側から新たな要求はなし。消息を確認する情報なし。現地は、台風の勢力圏内に入りつつあり、大使館員の現地入りはきわめて困難である……。現状はこんなところですが、明日一番で、応援要員をマニラへ派遣します」

「恐縮です。もしよろしければ、社長が乗って行った会社の専用機を呼び戻しますが」

「いや、外務省も貧乏なんで助かるんだがね、まあマスコミがいらん詮索《せんさく》をするから、旅客機を使うよ。それと、しばらくはこの件を極秘事項にしたいというのが、外務省トップの考え方です。例の若王子事件で、犯人グループのバックに日本赤軍がいたにも拘《かか》わらず、フィリピンのイメージを落として観光収入に大打撃を与えた。もし、交渉で解決できるものなら、表に出さずに片付けたい」

「同意します。会社としても、そちらのほうがいいでしょう」

「藤岡に関しては、私は税関部のほうで新しい情報を探してみます」

「そうですね。情報は多いに越したことはない。警察庁や公安調査庁にも、すでに情報提供を呼びかけてあります」

鳴海が麗子のほうを向いた。

「たまには、家でゆっくりしたまえ。家族があれこれ心配しても始まらんことだ。新展開があったら、最優先で連絡を入れる」

「解りました。今夜は自宅に戻ります。明日は成田《なりた》か名古屋かの、どちらかにいますので」

外務省を出るころには、すでに太陽は没していたが、あたりは充分に明るかった。

「日本橋《にほんばし》あたりで、夕食でもいかがですか？　僕は会社の前で降ろしてもらいますから、車で帰ってください。お望みなら、心理カウンセラーを派遣します」

「私にカウンセラーですって?……」

「そういう福利厚生があるという案内です」

「早見さん、私は成長したのよ。貴男《あなた》が望むような女にはなれなかったけれど。でももう、忘れかけたつたない日本語で、エアメールのラヴレターをせっせと書いてたハイスクールの女の子じゃないわ」

車の中で、早見はちらとルームミラーに視線をくれて、運転手によけいなことは忘れるよう警告を与えた。

「歩きましょう」

山手線《やまのて》の高架をくぐったあたりで、早見は「例のレストランで」と運転手に告げて車を捨てた。

夕暮れの街を行き交《か》うOLやサラリーマンらが、繋《つな》ぎのフライト・ジャケットを着た麗子に好奇の眼差《まなざ》しを浴びせた。

「私たちって、誰かに聞かれちゃまずいような関係だったかしら」

「会社社会というのは、いろいろありましてね。コピーの取り方ひとつが、出世争いのネタに使われる。恨《うら》んでますか? 僕のことを」

「貴男を恨む? 何のために――。貴男は若くて、バリバリの駐在員で、上司の娘と節度ある付き合いをするのは、仕事のうちだった。私は幼くて、日本の会社や日本のサラリーマンが、どんな価値観の下《もと》に人生を過ごしているのか、まるで知らなかった」

「でも、僕は一線を越えた。あれはサラリーマンとしてルール違反でした」

「そうなの……。貴男は後悔しているんだ。私にはいい思い出だったのに」

「社長は僕を引き立ててくれました。ご恩があります」

麗子は、皮肉げに笑った。

「今にして思うと不思議だわ。貴男はパワー・エリートには違いないけれど、典型的な日本人のサラリーマンよね」

「僕みたいな地方出身の、何のコネもない人間には、それなりの保身技術が身に付くものですよ。貴女《あなた》とは、住む世界が違った。アメリカナイズされた価値観も何もかも。そういうことです」

だが、早見の横顔は、今にも爆発しそうな表情を見せていた。敵意でも無念さでも、憤《いきどお》りでもない、あれは何だったのだろうと、麗子はその日一日考え続けていた。

ふだんなら、けっして作業着姿の人間など入れないような高級レストランへ、早見の顔パスで入った。食事中はほとんど会話はなかった。

麗子は、ひとつだけ、父の視察に早見が同行しなかったことが気になって、尋《たず》ねた。

早見の父親の一周忌の法事があったそうで、本人は同行するつもりだったが、父に止められたのだそうだ。確かに、父は部下の記念日などには、びっくりするほど記憶力がいいほうで、そういう時は社命で休暇を取らせる男だった。

食事を終えると、結局家へは帰らずに、そのまま財務省に直行した。早見には、成田のオフィスと、小牧の番号を二つ教えた。小牧に関しては、取りたてて説明しなかった。向こうも聞かなかった。

特別審理官という肩書きは、言うなれば貿易専門の刑事みたいなもので、国際貿易に多少なりとも関わりを持ったことのある人間にとっては、二度も三度も聞きたい名前ではなかった。


《ブルドッグ》はハンガーの中に納まっていたが、コクピットの灯《あか》りは点《とも》ったままだった。

「勉強しなきゃあ」という新機付き長を、飛鳥は、「油まみれになる暇があるなら、アパートに帰って息子の飯《めし》でも作れ」と命じて帰らせた。たいていパイロットは機付き長の指示にはおうむ返しに頷かなければならないのだが、飛鳥は自分の性格上、《ブルドッグ》では無理な注文なのだということを、最初の時点ではっきりさせておくべきだと思った。たとえそれが、一時期仮初《かりそめ》の愛を交わした相手であっても……。

機内には、バブル・ジェットのパソコン・プリンターが持ち込まれ、低い唸《うな》りを発していた。

フィリピンの地勢、治安、気象、民族、航空路といったデータが、間島の手によって、次々とプリントアウトされていく。飛鳥は床にあぐらを組んで、それを一枚ずつ読んでいく。扇風機の風が、ときどきプリント用紙を舞い上がらせた。

「雨季はないが、あと四、五カ月はきついな。温度も高けりゃ湿度も高い。下手《へた》すりゃ失速する恐れがある。それに当分は台風シーズンだ。角紅商社は、こんな場所にリゾート施設なんか作るつもりなのか……」

「ええと、その記事ならですね……、この経済新聞がいいでしょう。『ブビヤン・プロジェクト。ターゲットは秋から冬にかけての日本、韓国人向けの南洋リゾート。グアムほど俗化されていず、東南アジアの半分の距離、旅行代金で行けるのがミソ。ブビヤン諸島を、島ごとにコンセプトを立て、マリン・レジャーからショッピングまでを楽しめる長期滞在型のリゾートにする。フィリピン政府は、計画を全面的にバックアップするため、開発企業の優遇税制を準備し、またショッピング・アイランドは非関税地域に指定することを表明……』歩巳社長の《の》談話も載っていますよ。『必ずしもよくないわが社のイメージを、この事業を成功させることによって払拭《ふっしょく》したい』」

「何だか、あれだなぁ……。しばらく前に流行《はや》った列島総リゾート化構想を輸出するようなもんだよな。ジャングルのど真ん中にホテルと滑走路だけボコッと建てて客を集めようなんて、虫がいいと思わねぇか？」

「それが商売ってもんでしょう」

「角紅といやぁ、ＯＤＡを骨までしゃぶってボロ儲けするっていう会社だろう。いつかあったよなぁ、パキスタンで、日本政府のＯＤＡ支出による災害救助用の組立ボートの納入で、いったん決まっていたライバル社を蹴落とすために、角紅が怪文書をバラ撒《ま》いて、結局パキスタンは、ライバル社の二倍もの値段を払わされ、予定していた半分のボートしか買えなかった。なんでも、取引国の政府高官の子弟を日本留学と称して、羽振《はぶ》りのいい遊びをさせるって。付いたあだ名が、角紅国際留学斡旋《あっせん》会社。渡航費、滞在費タダ。一流ホテル滞在、ナイト・ツアー、高価お土産《みやげ》付きさ」

「まあ、歩巳さんの前じゃ、あんまり言わないほうがいいでしょうね」

「考えてみりゃあ、あいつのライセンスは、ＯＤＡとして、いったん外国に払われた俺たちの税金が回り回ってたどり着いた親父の給料で取ったようなもんだよな」

「金持ち妬《ねた》んでもしょうがないでしょう」

「万一の可能性とはいえ、俺はそんな奴らを助けるために命を賭けたかないな」

「暑いのは僕も苦手《にがて》です。コンピュータのシリコン・チップは温度が上がると作動能力が低下する。まあ出るにしても、のらりくらりと交渉してもらって、台風シーズンが終わってから出動するのがいいですね」

「同感、同感。金持ちは自分の面倒ぐらい自分で見りゃあいいんだよ」

飛鳥はプリント用紙をまとめて、アイス・ボックスからバドワイザーを二本出した。間島は待ってましたとばかりに、コンピュータの電源を落として、どこからかツマミを出した。

「ハンガーの中で、アルコールを飲んで処分を喰らわずにすむのは、うちの隊だけですもんね」

「うん、セックスしてもな。なにしろ、こいつは特攻機で、俺たちゃイカレた特攻隊員だ。死刑囚の特権って奴と同じなんだろうぜ」

「違いないや！……」

間島は床を転がるようにして大声で笑った。

明日生きているという保証はない。それは、彼らだけでなく、パイロットや、もしくはクルーとして乗り込むオペレーター共通の冷厳な現実だった。彼らはそれを知っていたが、認識して受け容れるのは、辛《つら》いことだった。

バナナの葉で編まれた小屋は、案外涼しかった。小屋というよりは単なる屋根に近かったが、いちおう床《ゆか》も作ってあった。

湿気には参ったが、前川大使と歩巳社長が一番辛かったのは昼間の歩きだった。台風性の低気圧が近付いていたため、地面は泥濘《ぬかる》み、ほんの一雨降っただけで、獣道《けものみち》はすぐ小川となった。最初革靴で歩き始めた二人は、一時間も経《た》たないうちに音《ね》を上げ、NPAの若い兵士が履くゴム草履《ぞうり》と交換した。だが今度は、二時間も経たずに、鼻緒《はなお》で指の股が裂けた。食事はひどいものだったが、ないよりはましだった。

二人が抱いた最初の疑問は、バードク大尉の滑《なめ》らかな英語だった。日本赤軍のメンバーに尋ねると――今では藤岡という名前も解っていた――、アメリカの陸軍士官学校を卒業したらしい、とのことだった。

一日で、尾根を二つ三つ越えたが、場所の見当はつかなかった。旅客機が雲の上を飛ぶ音を聞いたが、捜索のヘリコプターは現われなかった。そんな天気でもなかった。

二日目の夜は、さすがの前川大使も口を噤《つぐ》んでジョークの一言もなかった。苦情を言えるような立場ではなかった。バードク大尉は、誰よりも先に二人に食料を与えたし、量は部下より多めで、仮の宿は、一番まともなものを用意してくれた。

焚火《たきび》の頼りない灯《あか》りの横で、大尉は怪我した足の治療までしてくれた。

「大尉、われわれは話し合うべきだし、理解し合えると思うんだがね」

「ミスター・アユミ、そんな余地は皆無《かいむ》だ。私が角紅グループのボスである貴方を生かしてあげるのは、単なる好意からでしかない。君らがマルコス王朝下でやったことを、少しぐらい想い出したまえ」

「問題があったことは、認めよう。謝罪もする。だが、君らのように武装革命を叫ぶ勢力とは、協力しようがなかったではないか」

「われわれは、政敵を合法的に暗殺し、国民の世論を弾圧するような政府と協力したいと思ったことはない。君たち、角紅のおかげで、フィリピンの民主化は一〇年以上遅延を来《きた》し、その間、われわれは多くの資源や人材を失い、民心は荒《すさ》んだ。フィリピンは、君らの金儲けの犠牲になったのだ」

「ならば言わせてもらうが、われわれはフィリピンの電化事業に協力したし、上下水道整備を行ない、舗装道路を張り巡らせた。砂糖事業を後押ししたし、鉱山開発を行ない、産業基盤《インフラ》造りに誰より積極的に協力した」

「電気を使えるのは、ごく一部の金持ちだけだ。水道がある家に住めるのもひと握り、道路に至っては――」

「わが社は、フィリピンにおいて一〇万人単位の雇用を生み出したし、フィリピンが獲得する外貨の何割かは、わが社が協力したプロジェクトによってもたらされる。水道の整備で、下痢性衰弱で死亡する数万の子どもたちの命が救われた。

私は、誇りを持って言う。たかが政治家へのリベートが何だと言うのだ⁉　こんな仕打ちを受ける謂《いわ》れはない」

バードク大尉は、まるで動じず冷静に反論した。

「貴方がたの開発援助がもたらしたものは、腐敗と差別と混乱だ。今また、ブビヤン諸島を汚染し、新たな売春宿を作ろうとしている」

「共産主義の時代は終わったよ。君らが政権を取ってどうしようというのだね」

前川が口を挟《はさ》んだ。

「失敗したのは、ソヴィエト型のモデルであって、われわれはうまくやる。農地開放を進めるだけで、数百万の農民が救われる」

「それは国民が望み、政府に働きかけさえすれば、今の政権でもできるじゃないか」

「できるものなら、とっくにやっているさ。政治家自身が大地主なのだ。連中にそんな考えはない」

「まるで書生論だな」

前川は興味なさげに、夕食のマンゴーにパクついた。まだ緑色で、味はひどいものだった。

治療が終わると、バードク大尉は、英語ができない部下を見張りに残して、自分のねぐらへと引き揚げた。

「人質なら半年保《も》つかも知れんが、さっさとまともなベッドのある部屋に戻りたいもんだな……」

藤岡は硬い焼きとうもろこしを食べながら恨《うら》めしげに呟《つぶや》いた。

「君がここにいるのに、誰が日本政府と交渉するんだね？」

「安全な隠れ家までたどり着いたら、俺自身が出向くさ。とにかく、こんなとこはごめんだ」

「君の動機は本当は何なのだね？」

「大使、私はもう四〇男ですよ。今さら革命ごっこもないでしょう。単なる誘拐ビジネスですよ。いい金になり、日本の世間には、往年の革命家ここにアリと宣伝できる」

「日本政府なり、角紅なりが、本当に金を出すと思うかね？」

「ああ、あの対テロリズム宣言なら、われわれは一向に気にしてません。だいたい、言い出しっぺのアメリカにしてからが、表じゃ交渉しないと言っておきながら、バック・チャンネルじゃPLOやなんかと握手してるじゃないですか。国家ってのは、そんなもんですよ。それに、角紅は、何でも金でかたを付けたがる物わかりのいい会社だ。私は楽観してますがね」

「ここいらへんは、ホセ・イリガン将軍の勢力圏内だ。面倒なことになるぞ」

「それは考慮ずみです。それに、あの将軍がどんな男かはご存じのはずだ。自分の得にならんことには口出ししませんよ。利益になるなら、誰とでも手を組む」

「よくは知らんが、確かにいい噂は聞かんな」

「明日中には、〝壁〟があるまともなアジトに移れる。それまでの辛抱《しんぼう》だ。そこで台風をやり過ごしてから、キャンプへとさらに移動する。ＮＰＡの実体を知るにはいいチャンスですよ。大使」

「話し合いなら、大使館の執務室でだってできるさ」

「俺もそっちを望みたいね。逮捕される心配がないんなら」

雨が激しくなり、焚火の炎が小さくなった。二人の人質は、食事を終えると、雨漏りを耐え忍びながら、折れ枝のベッドの上で軽い眠りへと落ちて行った。

2章　南へ

朝の八時過ぎには、鳴海はもう外務省へ顔を出していた。むろん、事態に進展はなく、唯一の変化はフィリピンの天気ぐらいだった。

「この季節の台風は成長が遅いから、軍隊が出るにしても、捜索はひと苦労でしょうね」

泊まり込んだ萩本次長が、眠気醒ましのコーヒーを飲みながら喋った。

「ああそうか。君はアキノ政権の初期に、マニラにいたんだっけな」

「何が起きても不思議じゃない国ですからね」

「何でうまくいかないのかな。あの国は……」

「日本の戦後みたいに、連合軍司令部《GHQ》がいないからですよ。だから、農地開放は進まないし、政治が腐敗しても正すだけの民主主義が育たない。軍部を抑《おさ》える勢力もない。しかも、ＮＰＡは武装している。でも、われわれの支援はうまくいったほうですよ。たまたまフィリピンだけがうまくいかなかった。マレーシア、シンガポール、インドネシア、皆成長を遂《と》げたじゃないですか。少なくとも、アメリカが面倒見た中南米の状況に比べれば、東南アジアの状況は誇りに思っていい」

「だが、われわれはマルコス政権を積極的に支援した」

「われわれが支援したのは、フィリピンであって、特定の政治家じゃない。そんなに罪に思うことはありませんよ。もうすぐ麻生《あそう》さんがいらっしゃるはずです」

「確か、外務省を辞めて、マネジメントT＆Iの日本支社理事に納まったんだよな。詳しくは知らないが、どういう仕組みなんだね？」

「しっかりしたものですよ。現地支社の運営は、現地の元政府関係者に任《まか》されます。日本じゃ、だいたい理事長は警察の県警本部長を経験したクラスが納まりますね。理事には外務省、経済産業省、もちろん防衛省退職者も含まれています。情報が商品ですからね」

「交渉はそっちに任せるのが無難だろうな……」

「今朝がた、閣議前に事務次官が偉いさん連中と協議を持ったはずですから、そこいらへんのことも決まっているでしょう」

九時半ごろ、その麻生理事と外務事務次官の和田進《わだすすむ》が連れだって現われた。麻生は、外務省にいたころと違ってずいぶんとゴルフ焼けしていた。それに引き換え和田は進退窮《きわ》まったような厳しい表情だった。

「おや、鳴海さんもいらっしゃいましたか。不幸中の幸いですな。当事者の意見を伺《うかが》える」

「まずいことになっている……」

和田は、他の職員に話を聞かれぬよう、ロッカーで隔離された応接セットに二人を招いた。

「政府筋の意向なんだが、赤軍がいると解った以上、いかなる交渉にも応じてはならないということになった」

「建前《たてまえ》上はやむを得ないでしょうね。じゃあ、いきなりマネジメントT&I社に交渉をお願いするわけですか？」

「当然、情報収集は協力を仰《あお》ぐことになるが、交渉は別だ」

「じゃあ、しばらくは黙って、向こうの警戒が緩《ゆる》んだところで宗教関係者に仲介してもらうとか」

「そうはいっても、やはり身代金うんぬんという話になる。第一、フィリピン政府がいい顔をせんよ。赤軍絡みと解ったとたん、そちらでしかるべき対応をするようにという非公式なメッセージも届いている」

「というと？」

「たとえば、航空自衛隊が保有している、事実上外務省指揮下の《ブルドッグ》で救出に向かう、というのはどうですか？」

麻生は、まるでパジェロでピクニックにでかけるみたいに気軽な口調で告げた。

「何ですって？……」

「ですから、地上から捜索に向かう部隊と合流して、《ブルドッグ》で威圧《いあつ》しながら救出するんです」

「そんな、無茶苦茶な⁉……。《ブルドッグ》は海上保安庁の捜索機とはわけが違うんですよ。そんなものをどうやって、かつて大日本帝国が侵略した国へ派遣しようというんです？」

「米軍機を装《よそお》えばいい」

　今度は、和田がこともなげに言ってのけた。

「和田さんまで……。ちょっと待ってくださいよ。貴方がた、フィリピンに、あれを派遣するということが、どれだけ大変か解っているんですか？　燃料、気象、着陸ポイント、だいたいどうやって、フィリピン領空に侵入するんです？　二人がどこに匿われているかすら解らないのに。地図は誰が準備してくれるんですか。失敗した時の保障は？」

「ですから、貴方がいてくれて好都合だと思ったんです。現地での支援に関しては、マネジメントT&I社が責任を負います。監禁場所は、どうせNPAのアジトです。だいたいの場所は向こうで把握《はあく》できるでしょう。米軍のサポートを求めるのは無理ですが、知らん顔をするぐらいのことはしてくれるでしょう。現地一帯を支配下に置くイリガン将軍に、地上からの救出の指揮を執ってもらいます」

「彼と手を組むのは危険だ」

「角紅商社は、すでに充分すぎるほど将軍と深い関係にあります。ブビヤン・プロジェクトが中止になれば、将軍は資金源を失うことになる。だから会社が圧力をかければ必死でやりますよ」

「考慮外だ！」

　鳴海は思わず怒鳴った。どうかしていると思った。

「すまないが、鳴海君。これは政府《トップ》の決定事項なのだ。台風接近という状況に鑑《かんが》み、今日じゅうに《ブルドッグ》を出撃させ、明日じゅうに現地で作戦を決行し、無事帰還する。人質の生死は問わない。これが肝心なところだな。日本赤軍に対する、これが日本政府の意思となる」

「その政府筋というのは、いったい誰ですか⁉　私が直接出向いて説明して来ます」

「それは、君が関知する必要のない問題だ。第一君は、前回の作戦ではテロリストと交渉せずの立場を堅持して、みごと人質を救出したではないか？」

「状況がまるで違います。あれは国内の事件で、陸海空の支援があり、情報収集は完璧でした。それですら犠牲者が出た」

「リスクは許容範囲内だ。早急に情報収集を行ない、作戦を立案させたまえ」

「ご存じですか。《ブルドッグ》のパイロットの一人は、歩巳社長の独り娘《ひと》ですよ」

「政府職員なのだろう？　非情だが、ほかに要員がいないのであれば、行ってもらうほかはない」

「時間をください。せめて半日、四時間だけでも……」

「午後二時が、君のタイムリミットだ。君が拒否しても、防衛省からの命令ということで出す。《ブルドッグ》はいつも一二時間待機態勢を取っていると聞く。今すぐ命令すれば、今夜中に離陸できる」

鳴海は、その場で小牧の佐竹二佐に電話を入れた。向こうは、意外にも淡々としたものだった。

「検討しましょう」の一言だった。佐竹はノーと言わない軍人だ。そのことが恨《うら》めしかった。

飛鳥は、基地内をジョギング中に、拡声器で呼び出された。呼び出しに続いて、《ブルドッグ》チームの招集を命じる短音二回、長音一回のサイレンが鳴り響いた。抜き打ち訓練が月一回は必ずあるので、別段慌《あわ》てる必要はなかった。

佐竹のオフィスでは、国際航空路図が、本人の手によって壁にかけられるところだった。

「まさか⁉　出るんですか？」

「そうだ。それも今夜中にな」

「無理ですよ。現地には台風が近付いているのに！」

「うん。まあそうだな」

佐竹は鷹揚《おうよう》に答えた。

「まあだなんて……」

「天気を調べろ」

飛鳥はぶつぶつ言いながらも、無線機を取り、《ブルドッグ》の間島を呼び出し、気象衛星のデータをリクエストさせた。

「現場の状況どころか、どこに人質がいるかすら解らないんですよ」

「まず、兵站《へいたん》を検討する。距離、燃料、整備。作戦はその後だ」

「そいつは昨夜片付けましたよ。荷台《パレット》の種類にもよりますが、現場滞空二時間程度なら、沖縄《おきなわ》から出撃し、無事帰還できます。でも、理想は現地での燃料補給ですね。着陸するとなると、予備のタイヤとか持って行ったほうがいいし、地上警備の必要も生じる。昨日の今日で、どういうことなんですか？　救出を急がなきゃならない理由が、どこかにあるんですか？」

「俺は政治的な問題には興味ないが、たぶん、何かの理由があるんだろうな。フルトン回収システムを使えるか？」

「バルーンで人質を浮き上がらせて、上空で回収する？　そりゃ、晴天時、雲がない場合でのことです。もし、人質も一緒に連れて帰るつもりなら、是《ぜ》が非《ひ》でも中継地を確保してもらわなきゃならない。せめて満足に舗装された一〇〇〇メートル以上の直線道路をね」

「D荷台装備《パレット》。ヘリを積んで行こう」

「それで、できると返事したんですか？」

「検討してみるとしか言わんかったよ。鳴海さんにとっても、寝耳に水の話だったようだ」

「そりゃあそうでしょうに。どのみち、現地でのサポートが完璧でなきゃ、迷子になるのがオチですよ。尚美を連れて行くのは真っ平《ぴら》ですからね」

「そうだな。着任早々とあっては、荷物になるだけだ」

　ハンガーでは、乗組員が出撃前のフライト・チェックを行ない、整備机では、野際尚美准尉が、テクニカル・ブックのページをせわしなくめくっていた。

「とりたてて、ハーキュリーズとの変更点はないようね」

　飛鳥はかまわず機内へ乗り組もうとした。

「待って亮！　ちゃんとリスト・ストラップをはめて静電気放電《スタティック》ボードに触《さわ》ってちょうだい」

尚美は、静電気を放電するための、コードが付いたリスト・バンドを左腕に巻いていた。

やれやれだ……。

「そんな顔しないの。貴男がたは、ＥＳＤＳディバイスの静電気破壊に対する認識が足りなさすぎるわよ。《ブルドッグ》は、半導体チップの塊《かたまり》みたいなものなんですから、もっと注意を払ってもらわないと。機内での酒盛りも止めなさい」

「そうは言っても、これまでたいしたトラブルはなかったぜ」

「以前の出撃で、スティンガーミサイルが撃てないトラブルがあったでしょう。ゲート基板に静電気破壊によると思われるピンホール・クラックがあったわ」

「あれは不可抗力だよ」

「とにかく、何事も最初が肝心ですから、私が来たからには、やるべきことをやってもらいます」

飛鳥はしぶしぶリスト・ストラップを左腕に巻き、スタティック・ボードに掌《てのひら》を当てて静電気を逃がした。

ラダーを駆け上がると、クルーがそれぞれ出撃準備を整えていた。

「行くんですか？　あんなところへ」

間島が、コンピュータ画面に気象衛星『ひまわり』の画像を呼び出した。

「そうなるらしい。天気はどうだ？」

「シビアな状況ですね。台風5号は、昨日の位置から一〇キロと動いちゃいませんが、確実に成長しています。地上支援は得られるんですか？」

「当てにはせんほうがいいだろう。地図を作れると思うか？」

「ミリ波レーダーを利用すれば、ある程度は天気に関係なく、オート・マッピングができます。元の地図はこっちで手に入りますから、問題はありません」

「ちょっと待ってください、機長」

投下指揮官を兼ねる医官の柴崎《しばざき》一尉が、コンバット・クルーの背後から声を上げた。

「副操縦士《コーパイ》はどうするんです？　いきなり身内の事件で歩巳さんを出すのは、あんまり賛成できませんね」

「ああ、すっかり忘れていた……。肝心なことだよな、そいつは。いざという時、動揺されたんじゃかなわないからな」

「そんなこと言っても、今さらハーキュリーズ部隊からパイロットを回してもらうわけにもいかんでしょう。それに、あの人の性格からしたら、機嫌を損ねることになりますよ」

「判断はコーパイ自身に任す。もし作戦中に血迷うようなことがあったら、俺の責任で放り出す。それで納得してくれ」

「飛べんのかね……」

一〇五ミリ砲の射手を務《つと》める合田《ごうだ》士長が、疑問ありげにぼやいた。

「飛べるさ」

「そんなこと言ったって、遊覧飛行に行くわけじゃないんですよ……。コーパイはまだ訓練途中だし、機付き長は着任したばかり。新装備の慣熟《かんじゅく》訓練も行なっていない」

「彼女の緑魔島《ろくまじま》での働きは立派だったじゃないか。それに、今回から、機付き長は同乗しないことになった」

「何よそれ？　私を差別する理由は何なのよ」

いつの間にか、尚美がみんなの後ろに立っていた。

「君はまだこの機体に慣れていない」

「テクニカル・ブックはすべてマスターしているし、《ブルドッグ》の癖なら、小石さんが、ちゃんと整備日誌に残してくれているわ」

「そうじゃなくて、俺は慣れの問題を言っているんだ！」

「貴男はパイロットであって、整備士じゃない。いつから整備教官に口を利《き》けるようになったのよ」

「やれやれ、女は災難のもとだ」

失笑が漏れ、雰囲気が和《なご》んだ。

「どうしても行くのか？」

「私の任務ですから」

「よし、じゃあ決まりだ。ゼブラ・コードを発令する。Dパレット装備。例によって、機体塗装はアメリカ空軍仕様だ。マークを描《か》き直す。夕方までには、出撃準備が整っていることとする」

飛鳥は機体を降りると、整備机の電話で、佐竹に電話をかけ、ひとことだけ「行けます」と告げた。

背後から尚美も降りて来た。

「なあ、尚美。まじめな話、もしお前に何かあったらどうすりゃいいんだ？」

「正太は俺が面倒見てやる、なんてのだけは止《よ》してね。貴男には、家庭を築く才能なんてないんだから。あたしの親も死んじゃったから、死亡手当を信託預金にして、野際が育った教会にでも預けてよ」

「何でそうやって、お前はいつも貧乏くじを引きたがるんだ……」

「あら、野際と一緒になったのは正解だったわよ。貴男と一緒になっても、半年保《も》ったかどうか解らないじゃない」

「それを言われちゃ、立つ瀬はないが」

「ヘリは何を積むの？」

「陸上自衛隊のマグダネル・ダグラス社製のディフェンダーを積むことになっている。着陸ポイントがあればの話だ」

「それの装備はどうなるの？」

「パイロットが一人と、銃手《ガナー》を兼ねる整備士が一人乗る。そっちの手間《てま》はいらない」

「武装を急ぎましょう。空対空ミサイルも装備して行くの？」

「何があるか解らん。フルで頼む。俺はフライト・プランを作らなきゃならん」

「了解」

尚美は手を叩き、整備士一同の注目を求めると、てきぱきと命令を下し始めた。


歩巳麗子は、成田空港内にある税関支所の自室でパソコン作業に没頭していた。プリントアウト用紙に埋もれながら、右手で東京の鳴海からの電話を握っていた。まったく、要領を得ない話だった。〝安全〟な電話だとも思えなかったので、とりあえず東京へ帰るとだけ伝えた。

データをディスクにファイルをすると、フロッピー・ディスクとフライト・ジャケットが入ったフライト・バッグだけを持って、電車に飛び乗った。

「昨日今日発生した事件でおかしいじゃないですか？」

外務省飯倉《いいぐら》公館にある領事作戦部のオフィスでは、すでに小牧基地とのホットラインが開かれ、スクリーンの向こうに、ハンガー内で整備作業が進められる《ブルドッグ》の模様が映《うつ》されていた。

「おかしいと思うのは、私だって同じだよ。フィリピンで、どの程度の支援が得られるかどうかすら解《わか》っていない段階で《ブルドッグ》を出せなんて、無茶にもほどがある」

「誰が唆《そその》かしたんですか？」

「永田町の先生と、マネジメントT＆I社の理事が今朝事務次官を交《まじ》えて会合を持ったことは解っているが、相手が誰だかは解らない」

「二、三人なら、察しは付きます。父の会社に近い政治家なら、名前だけは聞いてますから」

「その……」

鳴海は麗子の瞳を覗《のぞ》きこみ、一瞬言い淀《よど》んだ。

「君が考えていることはだいたい察しが付くが、そんなことが、ありうるかと思うかね？」

「会社の利益が第一です。別に角紅に限ったことじゃありませんよ。父だって、それが会社の利益になると解れば、喜んで死にます。何にせよ、会社はさっさとかたを付けて、事業を再開したがっているのだと思います」

「止めよう、《ブルドッグ》を出すのは……」

「同じことですよ。会社は、フィリピンで息のかかった将軍連中を唆して、もっと大規模な部隊を繰り出して、これ幸いと、現地のNPA勢力を掃討するでしょう。少しでも可能性があるのであれば、私は自分で助けに行きたいと思います」

「会社のほうからさっき電話があって、早見さんが状況説明《ブリーフィング》するために名古屋へ向かったそうだ。《ブルドッグ》に乗せてくれという要求もあった。断わる理由はない。現地に詳しい人間がひとりでもいてくれたほうがいい。会社が設営した臨時の滑走路もあるそうだ」

麗子は俯《うつむ》き加減に溜息を漏らした。

「鳴海さん……。私は父を尊敬しています。でも、角紅という企業そのものは、世間で言われているとおりの阿漕《あこぎ》な会社です。金儲けのためなら、贈収賄、偽情報、クーデターすら画策《かくさく》する。外務省を巻き込むことなんかへとも思わない。この誘拐事件には、何か裏がありそうな気がします。用心してください」

「君は何か調べたのかね？」

「角紅関係の貿易統計をちょっと調べてみました。ブビヤン・プロジェクトを中心に、資材の発送が滞《とどこお》っています。なぜかは解りませんが、うまくいっていないみたいですね。父は仕事の話はいっさいしませんでしたが、ここのところ何か問題を抱えている様子でした」

「君は《ブルドッグ》のことを父上に話したことはあったかね？」

「いえ、麻薬対策で鳴海さんとご一緒していることは話しましたが、《ブルドッグ》に乗っていること自体はいっさい話してません。自家用機を乗り回すというだけで、充分心配をかけていますから。それに、仕事がら潜入捜査とかでしょっちゅう家を空けますから」

「ふーん……。《ブルドッグ》が、もし極度の危険や、フィリピンの政変に巻き込まれるようなことがあったら、父上には申しわけないが、迷わず帰還させる。そのつもりでいてくれ」

「完全に了解します。私情を挟むつもりはありませんので。むしろ、早見さんが一緒に乗ることのほうが心配です。彼、飛行機は駄目なんです」

一〇年というのは、あっという間だった。生前の母は知っていたが、父が、早見と自分の関係に気付くことはなかった。だが、その関係も、早見が日本へ帰り、自分がカレッジへ進むようになって自然消滅した。帰国してから、母が一度自宅に招待しようとしたが、向こうは丁重に断わったようで、それが結局、彼の意思表示だと受け入れた。もともと、相手が誰であれ、結婚するつもりはなかった。今でもない。

飛鳥はいいパートナーで、人生においてはもとより、セックスにおいても、いい刺激を与えてくれた。

もし、どちらかが〝結婚〟なんて言葉を持ち出したら、それで終わりになるような、ドライな関係だった。

甘美な時代だった……。

麗子は、新幹線の車中でうたた寝をしながら、あの時代のことを想い出した。あのころはまだ、ひどいはにかみ屋だった。日本語に難があったので、喋るのも億劫《おっくう》だった。退屈な新年会で、早見に声をかけられた。上品な作り笑いを浮かべながら、けっして、社員と、上司の令嬢という距離を狭《せば》めようとはしなかった。いっぺんでぽーっとなった。

ハイスクールの友だちと、ナイト・シネマを見に行く予定が、友だちの都合《つごう》でオジヤンになった時、母ががっかりしている自分を見かねて、彼に電話してくれたのだった。それが、最初のデートだった。それから初体験まで半年もかかった。今考えると、頬が赤らむような出来事ばかりだった。あれはたぶん、自分の初恋だったに違いない……。

小牧基地の専用ハンガーに着いたのは、三時を回っていた。新任機付き長の命令下、一〇名を超《こ》える整備士が、機内に弾薬を積み込み、機体の日の丸のペイントを米軍のマークに塗り直していた。

飛鳥と何か訳アリの関係らしいということを除けば、機付き長は、それなりの仕事をしているように見えた。

「歩巳さん。確か貴方は、ご自分のフライト・スーツをお持ちでしたよね?」

「ええ」

「制電効果はありますか?」

「三〇〇〇ボルト以下になるよう設計された木綿製です」

「そう、なら問題ないわ」

機付き長は、火器管制装置に納める、いわゆるブラック・ボックスのコネクターからダスト・キャップを外しながら尋ねた。麗子にも、それがコネクター・ピンを護《まも》るための、導電性のあるキャップであることぐらい解った。ブラック・ボックスの中身自体は静電気から保護されていたが、コネクター・ピンにうっかり素手で触って、静電気を起こす事故は割と多いと、戦死した前の機付き長から聞いていた。

「そんなに神経質にならなきゃいけないんですか?」

「そうね。整備の人間としては、万全な状態で飛んでもらいたい。とりわけ、《ブルドッグ》の場合、微粒子が漂《ただよ》う低空という過酷な状況での使用が前提だし、火薬のパウダーは機内を漂うし、これが積んでいる電子機器の量ときたら、対潜哨戒機並みですものね。静電気トラブルの可能性は、ほかのどの機体よりも高いと考えたほうがいいわ」

なんとなく、大人の女という雰囲気の喋り方で、麗子は好きになれなかった。

「機長はどこに？」

「亮はブリーフィング・ルームよ。お父様の会社の方も見えられているわ」

またしても亮だ……。

「どうも」

われながら、慇懃無礼《いんぎんぶれい》な口調だった。

早見は、ネクタイ姿だった。さすがにここではまったく場違いだった。

「おや、お嬢様のお帰りだ」

「茶化すのは、よしてよ。亮さん」

〝亮〟と反撃されて、飛鳥はすっかり面食らった様子だった。

「早見さん。貴男、飛行機に乗ると寿命が縮《ちぢ》まるんじゃなかったの？」

「未《いま》だに好きになれませんが、さすがに慣れましたよ」

「陸のヘリ・クルーが着くまで、もうちょっと待ってくれ」

「支援は大丈夫なの？」

「早見さんが言うとおりなら、工事資材を運ぶための滑走路がある。うまくいけば、そこで燃料の補給もできるだろう」

「でも、天気がまずいんじゃないの？」

「まずい。確かに遊覧飛行というわけにはいかん。お客さんはそこいら中にゲロを吐く羽目《はめ》になるだろうが、まだ、飛べないというほどじゃない」

　ブラック・ボードにブビヤン・プロジェクトの地図がかかっていた。

「早見さん、よろしければ、ブビヤン・プロジェクトに関して、ひととおり教えてくださいな。父は仕事の話をまったくしない人だったから」

「ええ。いいですよ。写真を何枚か持って来ました」

　早見は、サービス・サイズの写真を十数枚、麗子に渡すと、地図のマーキング部分について説明し始めた。

「ブビヤン・プロジェクトは、その名のとおり、ルソン島の北にある、五つの島からなるブビヤン諸島と、それに面するルソン島北部をリゾート地として開発するプロジェクトです。現在は、この島々には、産業と呼べるようなものはありません。しかし、同時に、ここにはＮＰＡがいません。犯罪も、もちろん麻薬もありません。われわれがあえて離島に目を付けた理由はそこにあります。核《コア》となるのは、一番大きい、カラヤン島です。名前の響きが、いかにも高給リゾートふうなので、あえてこの島をコアにすることにしました。ここには、都会風の高層ホテルを建て、ゴルフ場からスキューバ・ダイビングまでひととおりのプレイ・ゾーンを建設します。一方、それより小さい、たとえばフーガ島には、椰子《やし》の葉で編んだ低層のコテージを作り、ちょっとした秘境体験を味わえるよう演出します。

もう一方のコアとなるのが、ルソン島北部のアパリからサン・ビセンテの海岸沿いに築くリゾート地帯です。湿潤《しつじゅん》な気候の地方ですが、雨季はありません。平野部が多く、農耕にも適していますが、いかんせん島の外《はず》れということで、開発はほとんど手付かずでした。フィリピン政府は、この地方を特別関税地区に設定し、第二の香港を目指しています。

ホテル、リゾート・マンションと同時に、ショッピング・ゾーンを開発することにより、われわれも協力します」

「協力ねえ……」

「うまくいっているの？」

「サン・ビセンテに建設中のホテルの写真があります。まだ鉄骨の枠組みだけですが」

麗子はミニ・アルバムをめくった。三カ月前の日付があった。二〇階建てほどのビルの外枠ができあがっていた。荒れた土地に鉄骨が野積みされ、とりたてて作業の遅延を窺《うかが》わせる様子はなかった。

「何か疑問でも？……」

「もっと新しい写真はなかったのかしら？」

「すみません。僕が自分で撮《と》ったもので一番新しいものを持って来たんですが、作戦の遂行《すいこう》に必要であれば、会社に手配させます。滑走路は、ここから一〇マイルは離れています。関係ないと思ったので」

「いいえ、いいのよ」

「冬には、このホテルだけで仮オープンする予定でした。最終的な投資額は、円建てで一兆円を少々超えるはずで、今日まで、すでに二〇〇〇億を基盤整備事業として投資しました。その七割が、政府開発援助《ODA》として出資されました」

「開発のリスクは何かあったの？」

「ODAということで、資金的なリスクはほとんどありません。問題は二点でした。第一は電力供給です。ご承知かどうか、日本がフィリピンで進めている石炭火力発電所の建設は、公害の元凶として、反対運動を招いています。

　第二は、観光地としてのフィリピンのイメージと考えています。東南アジア各国のガイドブックを出している旅行会社も、フィリピンというタイトルは敬遠しがちです。現在のフィリピン観光の代名詞であるセブ島が、破滅的な飢饉が続くネグロス島の隣の島だということは、観光客は知らずにすむようになっています。

そんな状況を改善するためにも、フィリピンの経済力を底上げする必要がある」

「NPAの脅威評価はどうだったの？」

「地図をご覧になれば解りますが、このルソン島北東部は平野部が多く、ゲリラの拠点となるような山岳地帯からはかなり距離があります」

「そうかしら……。アパリの付近はそうみたいだけど、ホテルが建つあたりは四〇〇〇フィート近い峰々が海岸線まで迫っているじゃないの？」

「プロジェクトが策定されたのは、アキノ政権の誕生直後で、NPAの活動は下火になっていました。明確な細胞はないというのが、そのころマネジメントT&I社が、わが社に提出したレポートでした」

「そいつは災難だったな」

「プロジェクト自体は順調だったの？」

「ええ。ほぼ、スケジュールどおりに運んでいました。今回の、前川大使に同行を求めた社長の視察は、石炭火力発電所の棟《むね》上げ式を兼ねたものでした」

ヘリコプターの爆音が響いて来る。小牧では聴《き》き慣れない音だった。

「ディフェンダーが着いたようだな」

「肝心のNPAのアジトはどうなのよ」

「マニラにあるマネジメントT&I社のオフィスは、見通しは明るいと言っています。離陸するまでには、軍の情報部が把握しているアジトのリストをもらえるでしょう」

「ちょっと迎えに行って来る」

「私も――。誰か早見さんにフライト・スーツを貸してくださいな」

麗子は飛鳥と一緒に席を立った。

「本当はうまくいってないのよ、ブビヤン・プロジェクトは。資材の発注や送り出しが滞《とどこお》っているわ」

「へえ……。今度の事件と関係があるのか？」

「それは解らないけど、生死は問わないからいきなり《ブルドッグ》を出せだなんて、唐突すぎるじゃない」

「テロは、こっちの都合を考えてくれるわけじゃない。クルーは、人質の家族である君が参加することに批判的だ」

「それは解るけど、私は冷静なつもりよ。私がクルーの一人だってこと、早見さんは知っていたのかしら。昨日は知らなかったはずなのに、今日は全然驚かなかったわ」

「マネジメントT&I社の日本支社には、自衛隊のOBもいる。調べは付くさ」

「駐在武官のほうはどう？」

「個人的なルートを辿《たど》って調べてくれるよう依頼した。いざとなれば、大使館の通信施設を使って飛行中でも話ができるよう手配したよ」

ハンガー前で、パレットの上に着陸したマグダネル・ダグラス社製MD—530MG『ディフェンダー』戦闘ヘリコプターが、五枚の回転翼《ローター・ブレード》を畳《たた》もうとしていた。

総重量はわずかに一・六トン、対戦車ヘリコプターと言えるほどのヘビー級の戦闘能力はないが、軽快な運動性を有し、後部座席には、四人の人間を乗せられる。グラス・コクピットを採用し、夜間戦闘能力を強化したバージョンがMGタイプで、偵察ヘリコプターとして、これに優《まさ》るものはなかった。

陸上自衛隊から来た『ディフェンダー』は、両サイドのスキッドの上に増加燃料タンクを積んでいた。

尚美が整備用クレーンのデッキの上で腹這《ば》いになりながら、陸上自衛隊から派遣された整備士を手伝っていた。

「調子はどうだい？」

「軽装備にしました」

離着陸スキッドの固定作業を行なっている小柄な男が、顔を上げながら答えた。

「俺のコーパイを紹介するよ。歩巳麗子、財務省の役人で、人質の家族でもある」

「はあ？……。下町に住むイスラム教徒のリトアニア人、みたいな複雑な話ですね」

「まあ、いろいろと訳アリでね。陸上自衛隊の東尾謙一《ひがしおけん》尉、防大の後輩だ」

「よろしく。上の奴が、銃手を兼ねる整備士の辰巳静夫《たつみしずお》曹長です。おい、ご挨拶《あいさつ》しろ」

丸刈り頭の男が、尚美の隣りからちょこっと顔を出して、ぺこりと頭を下げた。

「この二人はノーマルなわけね」

「そいつはどうかな。東尾さんよ、《ブルドッグ》のクルーは知ってのとおりの鼻摘《つま》みもんばかりだが、お前らはノーマルなんだろうな？」

「飛鳥さん。スカウト・ヘリってのは、真っ先に戦場に突っ込んで、戦死者第一号の名誉に与《あずか》るんです。先輩ほどアブノーマルじゃありませんがね、辰巳の本業はマンガ家です。ただ喰えないんで、しぶしぶ自衛隊にいます」

「どんなのを描くんだい？」

「ロリコン漫画じゃないんですかね」

「ロリコンはひとつのジャンルを確立しているんですからね、バカにしちゃいけませんよ」

「俺も東尾の秘密をひとつ知っている。緊張すると貧乏ゆすりと歯軋《ぎし》りをする」

「そうでしたっけ……。そういう先輩はコクピットに納まると目付きが変わりますよ」

パイロット同士の、挨拶代わりの軽いジャブの応酬だった。

「コーパイに作戦《オペレーション》を説明してくれんか？」

「そうですね。ディフェンダーは、フル装備ではTOW対戦車ミサイルや、空対空ミサイルまで積んだ上に、九〇〇キロ近い荷重《かじゅう》吊り上げ能力を持ちますが、今回は戦車相手じゃないので、威嚇《いかく》用武器にとどめました。一二・七ミリ機銃だけです。あと人質の安全のために催涙ロケット弾ポッド。こいつはスモークの役割も果たすので、こっちの姿を隠すにはもってこいです。直撃すれば推進薬が爆発してかなりの被害も与えるので、気を付けます。人質の安全が第一ですが、正直なところゲリラにも怪我《けが》してほしくはないですからね。もう一時間ぐらいかかりますが、その装備パックを積んだ輸送ヘリが来るはずです。現地でひとつパックを装備して飛び立ったあとは、状況に応じて《ブルドッグ》から弾薬と燃料の予備パックをパラシュートで放り出してもらい、われわれが下で弾薬を補給する。《ブルドッグ》と行動をともにする場合はそういうことになります」

「山岳地帯で、着陸地点を確保できない時にはどうするんですか？」

「チェーンソーで、えっちらおっちら開墾するんですよ」

辰巳曹長が答えた。

「その手の訓練もやってます。俺がチェーンソーを担《かつ》いで、ここと決めた場所に、ロープを伝ってリペリング降下し、殺人鬼ジェイソンみたいにあたりかまわず木々を薙《な》ぎ倒して、ローター直径の二倍分に当たる半径八メートルの面積を確保します。作業時間はおよそ一〇分。その間に、上空で待機するディフェンダーの燃料が切れれば、東尾さんは墜落死、俺はジャングルの中でロビンソン・クルーソーをやる羽目になります」

「われわれはまあ、陸上自衛隊版のミニサイズ《ブルドッグ》チームというところですね」

尚美は、ローターの軸の上に延びた偵察用のマウンテッド・サイトを取り外す作業を手伝った。

「これ、高所作業車があるからいいようなものの、何もない滑走路でどうやって復元するの？」

「屋根に乗っかるだけのことですよ」

「このデータ・リンク・アンテナは、空自の仕様とはどう違うの？」

「大丈夫です。《ブルドッグ》と暗号周波でデータ交換できます。見通し距離なら、このマウンテッド・サイトが拾った映像を、ライブで《ブルドッグ》に送れます。くわしくは間島さんにでも訊いてください」

「こんなに小さいのに、万能マシーンなのね」

「とんでもない。足の遅い戦車部隊の前で、対戦車ヘリ部隊を率《ひき》いて戦うんならともかく、《ブルドッグ》との共同オペレーションとなると、速度と航続距離が問題になります。最適高度での最高速度は時速二五〇キロで、《ブルドッグ》の半分以下。最適高度での航続距離は四二〇キロで《ブルドッグ》のそれとは桁《けた》がひとつ違うんです。機内に燃料タンクでも積まない限りは、三時間ちょっとで墜落する。飛びながら作戦を考えるなんて暇はわれわれにはない。そこんとこを覚えておいてほしいですね」

「了解、忘れないようにするわ」

ローターを畳み、スキッドを固定する作業が終わると、『ディフェンダー』は燃料を満載したまま《ブルドッグ》のカーゴ・ルームに収容された。ふだんなら、燃料を入れたままの搭載はご法度《はっと》だが、現地での確実な入手方法がない以上は、一滴でも多くの燃料を積んで行きたいところだった。

「一度、平和な時に乗せてくださいな」

根っからの飛行機好きの麗子でも、ヘリコプターの操縦ライセンスはまだ取得していなかった。

「お前さんの物好きには呆《あき》れるよ。あんな空飛ぶ棺桶に、好き好んで乗るとはねぇ」

「あら、死ぬ時は雲の上と決めている機長とも思えない発言ね」

「平素の安全のことを言っている。ローター・ブレードに亀裂《クラック》でも入っていて、ほんの一〇センチでも羽根が欠ければお陀仏《だぶつ》なんだぜ」

「エンジンが止まっても、オート・ローテーションで、四五度の角度で不時着できるんでしょう？　それだと、高度分の距離は飛べるわけだから、墜《お》ちる間に着陸場所も探せる」

東尾が嫌みのない失笑を漏らした。

「確かに、理論上はそうですがね、広義でいうヘリコプターのエンジニアリング・トラブルは、ブレードの破損とか、ギア・ボックスのトラブルまで含みます。ギア・ボックスがトラブれば、ふいにローターが止まって、オート・ローテーションがうまくいかない場合がある。飛鳥さんが言うように、ブレードが破損したら、それこそ手の打ちようがない。揚力《ようりょく》から、ブレードにかかる圧力まですべてのバランスが崩壊して、一気に破断が進み、ほかのブレードをもぎ取ってゆく。そこいらへんが、ヘリは怖いですがね。でも、この魅力は一度乗れば病《や》みつきになりますよ」

「俺はそうじゃなかったぜ」

「そりゃ飛鳥さんが、空中戦向きの攻撃的な性格だからですよ」

「それには、みんな同意するわね」

ブリーフィング・ルームで待っていた早見のスタイルを許するなら、高校の芸術祭で、セーラー服を着せられたクラス委員長という感じだった。ポケットをまさぐる仕草ひとつにしてもぎこちなかった。

「その銀縁《ぎんぶち》眼鏡をサングラスに替えれば、いっぱしのトップガン・パイロットで通るわよ」

早見は、抗議する代わりに溜息を漏らした。

互いの紹介が終わり、佐竹が現われると、飛鳥はさっそく中継ポイントとなる滑走路の説明を求めた。早見は、今度はミニ・アルバムではなく、スライドを使って説明を始めた。

「地図でお解りになるように、ここいらへんには民間《シビル》エアポートがありません。日本のＯＤＡ援助で、アパリに三〇〇〇フィート級の滑走路を作りましたが、レーダーや夜間照明などの満足な管制システムはまだありません。

アパリに降りた社長と大使一行が襲撃されたのは、この発電所を建てる予定のゴンザガに入る直前だったようです。

わが社は、サン・ビセンテの開発において、ホテルからバスで一〇分の距離にも臨時滑走路を建設中です。最新の情報では、八〇〇メートルほど鉄板を敷き詰められてあるようです。アパリとサン・ビセンテ間では、ヘリコプターを使っての資材輸送もたまに行なわれています。まあ、離島への輸送業務がメインですが、ゆくゆくは、ヘリコプターで観光客を各島へ運ぶつもりです。そのヘリは、ええと……、アエロスパ

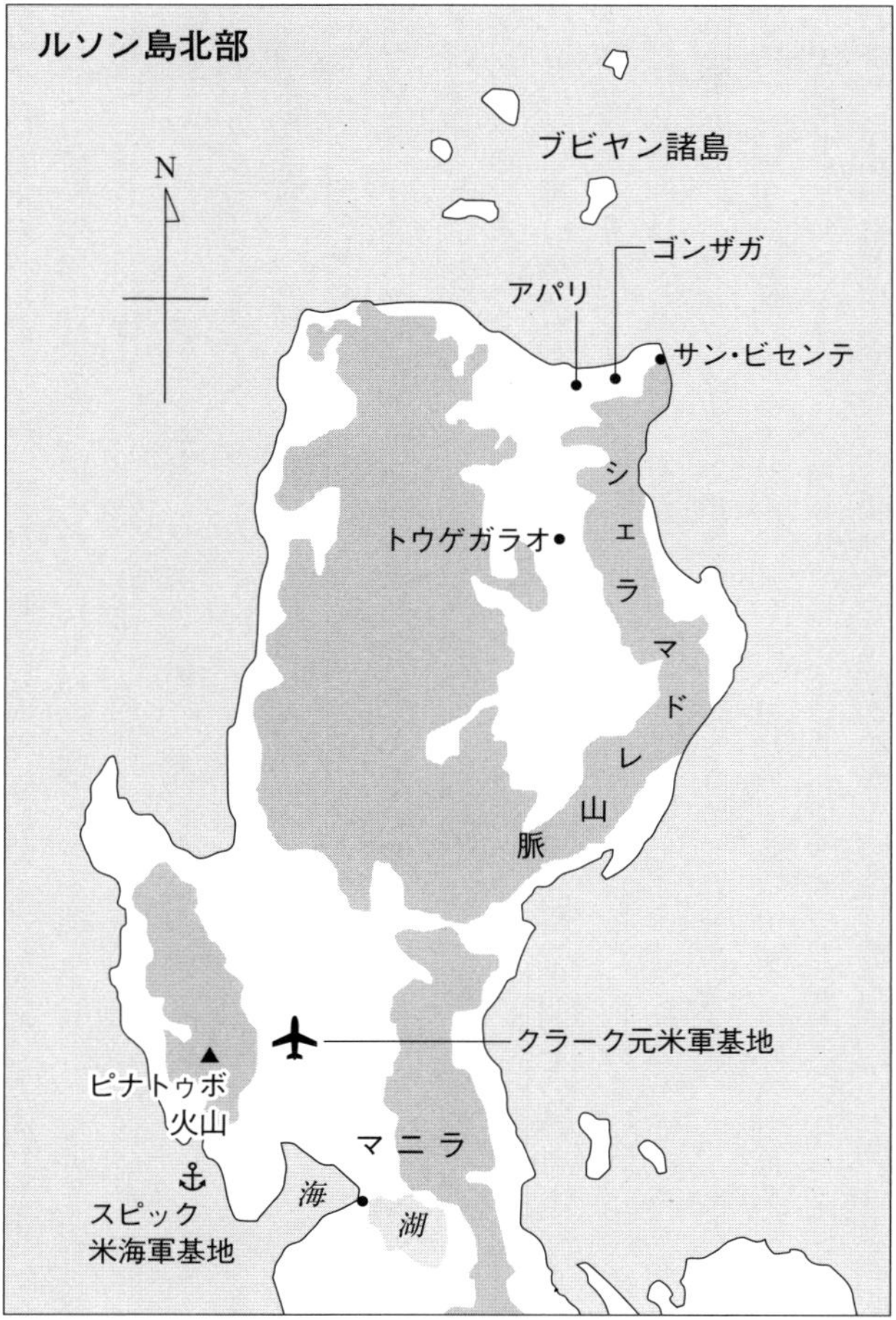
ルソン島北部
ブビヤン諸島
N
ゴンザガ
アパリ
サン・ビセンテ
シエラマドレ山脈
トウゲガラオ
クラーク元米軍基地
ピナトゥボ火山
マニラ
海
湖
スピック米海軍基地

シアル社のシュペルピューマで、自衛隊が要人輸送に使っているヘリと同じとのことでした。会社の民生活動として、たまに離島の急病患者を運んだりもしています。現在サン・ビセンテに待機中ですので、必要であればそれも捜索救難に使うつもりです」

「そいつは助かる。僕もシュペルピューマのライセンスなら持っている」

東尾がそう言うと、
飛鳥が「ちょっと待ってくれ」と、口を挟んだ。

「なんで大使と社長は、そのヘリでゴンザガまで飛ばなかったんだ？　シュペルピューマなら、マニラからだって直接ひとっ飛びじゃないか」

「その……」

早見は俯《うつむ》いて口ごもった。

「私の父は飛行機が駄目なのよ。なんとか洗脳して自家用機を買わせたけれど、よほどの必要に迫られないと乗らないくちなの」

「はい。じつはそうでして。それに前川大使もご同様なようで、アパリまでの連絡機《コミューター》はともかく、ヘリコプターには抵抗があられるようでした。現地としても、ああいう場所では満足な整備ができません。無理にヘリに乗せるよりは、という判断のようでした。サン・ビセンテには、航空燃料は、ドラム缶ですが、常時一〇〇本、二〇〇ガロン程度は備蓄してあります。現地からは、この数字でほぼ間違いないだろうと報告が来ています」

「たったの二〇〇ガロン……。それもドラム缶でねぇ。身軽なヘリはそれで間に合うだろうが……」

「アパリには、タンク式のもっとまともな給油施設があります。他人目《ひとめ》に触れてかまわないとか、《ブルドッグ》自身の夜間監視能力で着陸できるのであれば、こっそり降りて給油して帰るという手もあります。航法援助施設は、ここに映っていますが、風向きを見る吹き流しがひとつと、短波無線機だけです」

「支援部隊は？」

「ホセ・イリガン少将が指揮する師団が、ルソン島北部の治安を護《まも》っていますが、トウゲガラオに駐留する一個歩兵旅団がすでにアパリに到着し、捜索活動に入っているそうです」

「連絡は付くのかね？」

「はい、将軍専用の無線機の周波数と、互いの符丁《コード》を交換し合うことになっていますし、フィリピン陸軍のＯＢでもある、マネジメントＴ＆Ｉ社の元中佐が、連絡調整官を務《つと》めるために現地に向かったはずです。領空通過、侵犯行為は問題ありません。自力解決は、マニラ当局の非公式な要望でもあります」

「てことは、決まりだな。サン・ビセンテに着陸し、ディフェンダーを降ろして、《ブルドッグ》は離陸、あるいはそのまま待機し、地上部隊からの吉報を待つ。旗幟鮮明《きしせんめい》――要するに、テロリズムに対してショー・ザ・フラッグを示しゃあいいんだろう」

「それだけですめばいいがな」

佐竹が言った。


アパリの地方警察事務所の署長室で、心地《ここち》よい風を送っていたクーラーのモーターがふいに止まり、蛍光灯のランプが二、三度瞬《またた》いて、ふっつりと消えた。四つ星級のコニャックをグラスに注《そそ》いでいたホセ・イリガン少将は、口の中でぶつぶつ呟《つぶや》くと、タガログ語で従兵《じゅうへい》を呼び、ベネチアン・ブラインドの内窓を開けさせた。

湿気を帯びた生暖かい風が、室内の乾いて冷たい空気を浚《さら》って行った。

「いつになれば、われわれは、一日じゅう停電なく電力が使えるようになるのかね？」

「ゴンザガのプラントが無事に完成すれば、三〇万キロ・ワットの電力を、閣下の支配地域に供給できます。残念ながらＮＰＡは敵意を抱いているようですし、連帯ピープルズ・パワー《SPP》もそのようですが……」

角紅マニラ支社の佐伯支店長は、ＳＰＰ関係者が支点に送って遺《よこ》した抗議文書をデスクに置いた。

「粉塵が洗濯物を汚し、肺癌が増えた、か。ふだんは裸同然で過ごし、ほっといても死んでいく連中だぞ。反乱分子という輩《やから》は、政府が何をやろうが、まず反対する。だいたい君らも、マニラ周辺の開発ばかりに力を入れて、北部には見向きもしないじゃないか」

「マニラ周辺を開発するうま味はもう消え失せました。反対運動ばかりで、多国間援助の目玉であるカルバルソン計画は頓挫《とんざ》しました。立ち退《の》き交渉は軍隊の介入を招くし。だからこそブビヤン・プロジェクトを成功させたいのですよ」

「あんなケシ粒みたいな連中に、ビクつくことはない。ブルドーザーでひと押しすりゃあいい」

「日本の世論は敏感なんです。そういったことにね。とりわけ角紅は、ODAを骨までしゃぶる悪徳企業として知られている」

「そいつはまた本当のことだから、しょうがないよな」

将軍は、角紅から贈られたイニシャル入りのシルバー・メタリックのリボルバー拳銃をホルスターから抜くと、出っ張った腹の上で弄《もてあそ》んだ。

「そういえば、うちの息子が私の時計を欲しがってね……」

「お約束のパジェロと一緒に、同じものをお届けしましょう。それはそうと、お嬢様は、確か、今年で大学をご卒業でしたね。しばらくアメリカでもご旅行なされてはいかがですか?」

「アメリカは去年のバカンスで行ったじゃないか。何でもスイスに行きたいとか言っておったな」

「畏《かしこ》まりました」

ドアが開いて、マネジメントT&I社マニラ支部の分析主任を務《つと》めるトーマス・サルムント中佐が、地図を抱えて入って来た。

「おやおや、この部屋には自家発電でもあるかと期待していたのに」

「解りましたか？」

「うん。金に釣られたスパイの情報だから、差し引いて考える必要があるかもしれんがね。まあ間違いないだろう」

中佐は地図をテーブルに広げると、何本も鉛筆で線が引かれた場所を、赤いマジックで指し示した。

「天気を考えて、一日のうち、まる半日歩いていたとして、二日で移動できたのは、最大距離を見積もっても、ほんの五〇キロです。山岳地帯へ分け入ったであろうことを考えると、その半分に満たないかもしれない。シェラマドレ山脈のこの地帯には、NPAの本拠地が三、四カ所ありますが、恐らく北西部にあるノース・ベースと呼ばれる基地へ向かったものと思われます。陣容は、一個中隊規模ですが、キャンプでは畑作とかもやっていて、ちょっとした町ですよ。狭隘《きょうあい》な地域なので、装甲車部隊は入れないいし、ヘリコプターで掃討するにも、ジャングルが深すぎる。将軍の部隊が何度か攻めようとしましたが、そのたびに撃退された」

佐伯支店長は、ゴンザガの北東部にあるサイト・ナインのほうが可能性が高いような気がした。ゴンザガまで直線距離で三〇キロもないし、サン・ビセンテ周辺に出没するNPAのゲリラは、いつもここをメイン・ベースにしていた。

「サイト・ナインの可能性はないですか？」

「ここに寄った可能性はあるが、移動したと思うな。キャンプの規模が小さすぎるし、われわれが気が付くであろうことも向こうは知っている」

「よし、ノース・ベースへ部隊を向けよう！　こんな天気に指揮官自ら部隊を動かすんだ。ミスター・サエキ、この謝礼は息子の玩具《おもちゃ》ぐらいでは済まないと思えよ」

イリガン将軍がぐっと睨《にら》みつけると、佐伯はやんわりと微笑《ほほえ》んだ。どうせ、リベートはコストの中に最初から含まれている。会社の懐《ふところ》が痛むわけではない。

ホセ・イリガンという男は、いかに腕力に優《すぐ》れていても、しょせん大統領の器《うつわ》ではない。フィリピンの政界が汚職や腐敗にまみれているといっても、こんなバカ将軍を大統領に迎えるほど混乱していない。

だが、利権に聡《さと》い性格は、利用するには絶好だった。その軍事力も――。

3章　離陸《テイク・オフ》

飛鳥と早見は、佐竹二佐のオフィスで、領事作戦部と繋《つな》いだテレビ・モニターで、おおまかな地図を参照させられた。フィリピンから送られて来た地図は二回も三回もファックスで中継されていたので、小牧に届いたころには等高線すら消えかけていた。

「もっとまともな地図はないんですか？」

「現地よりも日本で買った地図のほうが、まだまともだと思うね。しかし、何しろ送って遣《よこ》したのは向こうのほうだから」

ゴルフ焼けした元外務官僚を名乗った男は、鳴海の隣りで、こともなげに言ってのけた。

「せめて、山の名前ぐらい、ないんですか？　それに道路とか」

「小さなネームレス・マウンテンが密集しているし、道路と言っても獣道《けものみち》程度しかない。進軍する部隊が目印になるはずだ」

「それで？　ドンパチが始まったらわれわれはどうするんですか？《ブルドッグ》がひとたび砲火を開けば、地上部隊を選別しながら攻撃するのは難しいんですよ」

「それはケース・バイ・ケースで対応してもらうしかないな。こちらからあれこれ指《さし》図《ず》するようなことは慎《つつし》むつもりだ」

「ずいぶんと勝手な話じゃないですか？」

「忘れてほしくないのだが、ＮＰＡは大使一行を襲撃した時に、六名もの人間が乗ったトラックを吹き飛ばした。彼らには家族だっていたのだ。ＮＰＡに同情すべき理由は何もない。バックにいるのが日本赤軍だということを思い出したまえ」

「もし、変なからくりでもあれば、われわれはミッションを中止して、さっさと引き揚げて来ますからね」

「自衛官としての義務を果たしたまえ。私が言えるのはそれだけだ」

飛鳥は隣りでしぶしぶ頷《うなず》いた。

「攻撃は、明日払暁《ふつぎょう》に行なわれる。遅れないよう気をつけたまえ」

「燃料給油を考えると、時間がない。そろそろ離陸しろ」

佐竹が命じた。

「はいはい。フィリピン空軍が出て来るようなことはないでしょうね？」

「角紅のエリート社員が乗っているんだ。それはないんじゃないのか……」

佐竹の口ぶりには含みがあった。気をつけろという警告だった。

「じゃあ、早見さん、トイレでも済ませてください」

早見が席を辞し、モニター画面をハンガーに切り替えると、飛鳥は溜《た》めていたものを吐き出すように「気に喰わないですね」と言った。

「まったく、何もかも気に喰わない……」

「自衛隊は日本政府の権益と邦人の保護に責任を負っている。角紅が悪徳企業だからといっても、被害者は被害者だ。それに、赤軍のコマンドは日本人。現地にしてみれば、日本人がテロを輸出しているようなものだ。毅然《きぜん》とした態度を示さなきゃならん。《ブルドッグ》だけで済むだけでもめっけものだ」

「で、隊長は――」

「裏は、当然あるだろうさ。こっちでもできる限りのことはするし、調査も続行する。いざという時のために証拠集めもしておく」

「角紅が相手なんですよ。そんなものがどれだけ保険になるか」

「まあ、行ってみれば何とかなるものさ。衛星通信で、常時連絡も取れる」

モニターの中で、《ブルドッグ》がゆっくりと動き出した。すでに偽装用のアメリカ空軍のマークを付けていたので、スポットライトを浴びてというわけにはいかなかった。

飛鳥は部屋を出るとバイクに飛び乗った。これまでは麻薬組織が相手ということで気楽にやれた。砂漠での任務は、それだけ《ブルドッグ》の活躍を必要とされていた。自分では名誉ある任務だったと考えていた。

だが、貧しい生活を変えようと、革命運動に身を投じている連中を問答無用に機銃掃射するのは、軍人としての良心が痛んだ。

途中で早見を拾って、後部ランプ・ドアから飛び込むと、クルーは皆、配置に就いていた。

「コクピットに入るかい？」

「ええ、そのほうが気楽です」

飛鳥がレフトシートに納まると、尚美が背後から、足首に巻くスタティック・バンドを差し出し、コネクターを放電盤に繋いだ。

「なんだか、奴隷みたいだな」

「貴男《あなた》はただでさえ、摩擦《まさつ》の多い人ですからね」

「フライト・チェック、ナンバー1から33まで終了。42まで省略。異常なし」

「了解、補助動力装置《APU》作動、エンジン始動支障なし」

麗子がレポートすると、航空機関士席に就く尚美が、エンジン関係の専用パネルをチェックしながらそれに応じた。早見は、飛鳥が座る機長席の真後ろに設《もう》けられた補助シートに腰かけ、きつめにベルトを締めた。コクピットの様子は、彼がテレビや雑誌で見聞きしたものとはだいぶ違っていた。緑や赤のランプやメーターが、まるでクリスマス・ツリーのイルミネーションのように点滅を繰り返していた。

「よっしゃ、行こう。センサー・オペレーター、衛星のアップリンクは問題ないか?」

飛鳥がヘッドセットを調節しながら話しかけると、間島が「支障なし」と応答し、一瞬、間《ま》を置いてから「今はね」と付け足した。前回のミッションでは、《ブルドッグ》の頭上から機銃掃射をまともに喰らい、コクピット頭上に設けられた衛星通信ドームを破壊された経緯があった。《ブルドッグ》のクルーは、何でも屋だった。医者は搭載物資の投下指揮官を兼ねていたし、間島はセンサーのほかに通信も担当するし、整備士である機付き長は、航空機関士として乗り組まねばならない。

五人いる銃手《ガナー》は、射手と同時に弾薬補給係を兼ねる必要があったし、《ブルドッグ》が敵地に着陸した場合は、機体の護衛を受け持つ。機長である飛鳥は、何より戦闘時は機体を上下左右に操《あやつ》って、目標の軸線上にピタリと《ブルドッグ》を占位《せんい》させなければならない。

副操縦士だけが、操縦以外の専任の仕事を持たなかったが、その分、雑用が回って来ることになっていた。

陸の東尾一尉は、機関パネル直後の補助椅子に座り、物ほしげにクルーの作業を見守っていた。

「沖縄《おきなわ》を離陸する時は、そっちに座らせてくださいよ。陸じゃあ、四発機なんてお目にかかれないですからね」

「いいだろう。その代わり、ピクニックする暇があったら、ディフェンダーに乗せてくれ」

「あら、ヘリは嫌いだったんじゃないの？」

「嫌いというのと、経験したいというのは、別の問題さ」

ブッシャー・トレーラーが、《ブルドッグ》の首脚輪《ノーズギア》を噛んで押し出す。エプロンに出ると、飛鳥は、四基のアリスン社製ターボ・プロップ・エンジンを、左側の第一エンジンから次々に点火していった。

誘導員のランプ指示に従って昇降舵《エレベーター》、方向舵《ラダー》の動作チェックを行なう。その間に麗子はグラウンド・コントロール・タワーを呼び出し、離陸許可を求めた。

飛鳥はさっそく新装備のＯＷＬのモニターを点《つ》けた。愛知《あいち》県警のヘリコプターが、滑走路を挟んだ反対側のエプロンで、エンジン・テストをしているのが見えた。全体的に白っぽい映像なのは、空港が明るすぎるためだ。

「機長《キャプテン》、そんな与太《よた》な望遠鏡で離陸するのは止《や》めてくださいな。少なくとも国内ではね」

「いい眺めだぜ」

「いきなりじゃ、距離感が摑《つか》めなくなるわよ。マニュアルぐらい読んでくださいな」

地上走行用《グラウンド・タクシー》のハンドルを回して離陸ポジションまで前進する。エンジンのリズミカルな唸《うな》りがシートから伝わって来る。二七四〇メートルの滑走路を、赤い誘導灯が、手前から奥へと規則正しく点滅を繰り返していく。

「たまには、真っ昼間に堂々と出撃したいよな」

「贅沢《ぜいたく》言わないの。行くわよ」

ＯＷＬのモニターを外し、右手を中央パネルの四本のパワー・レバーに添えると、麗子が左手をその上に乗せて、「離陸支障なし《オール・クリア》」と告げた。

「了解《ラジャー》、《ブルドッグ》01離陸する。レッツ・ゴー！」

パワー・レバーを前方へ押しやる。飛鳥の視線は、滑走路のセンターラインに、麗子のそれは速度計に固定された。加速がつくにつれて、麗子が速度を読み上げ始めた。速度が一一〇ノットの引き起こし速度《VR》を超えると、飛鳥が「ローテイション！」と声をかけながら操舵輪《ホイール》を手前へ引いた。《ブルドッグ》は鼻面《はなづら》を空へ向け、地面から軽々と離れた。

「脚上げ《ギア・アップ》！」

「脚上げ」

麗子が復唱しながら、レバーを押し上げる。飛鳥は早くも右旋回に入って、進路を南西へと取った。

ＮＰＡの基地に入ってまず目に付いたのは、竈《かまど》から立ち上る微《かす》かな煙だった。皆一《いち》様《よう》にやせ細ってはいたが、動作は機敏で、よく統制が取れていた。狭隘《きょうあい》な地形を利用しているせいで、地上からはともかく、空からはカムフラージュされていた。女性兵士もいたし、神父もいた。

前川大使は、その基地の規模を三〇〇人程度と推測した。着いた時にはもう夜が迫っていたので、兵士たちのほとんどが、すでにねぐらに入っていた。

出迎えたのは、司令官ではなく、白髪《しらが》混じりの白人の女性医師だった。

「お帰りなさい、大尉。欠員はいないようね？」

バードク大尉は、「マム」と親しげに呼びかけた。

「いらっしゃい、大使、それに社長も。私は、エミリー・バレンタイン。ドクター・バレンタイン。でもここでは〝マム〟で通っているわ」

「お噂はかねがね伺《うかが》っております。ドクター」

前川は彼女を知っているようだった。

「『ニューズ・ウィーク』誌のインタビューは、興味深く読ませてもらいましたよ」

「アメリカでは、私は医者としてでなく、テロリストとしてＦＢＩの指名手配リストに載《の》っているのよ。それはそうと、アユミ社長、ときどき、貴方の会社から医薬品が提供されています。お礼を申し上げます」

「はて……、わが社がNPAと取引関係にあるという話は聞いておらんがな」

「フィリピンの人間は、われわれが考えるよりずっと利口なのよ。儲けたお金から、数パーセントを彼ら革命勢力に投資する。言ってしまえば、今の政権が倒れた時のための保険ね」

「患者なら、マニラの貧民窟にだってたくさんいるじゃないですか」

「でも、そういうところは、貴方がたが援助するボランティアの医師団がたまに入るじゃない。束《つか》の間の活躍を記録して宣伝するテレビカメラのお供《とも》を引き連れてね」

「ここには司令官はいないんですか？」

「いえ。バードク大尉がリーダーよ。だいたい専従の兵士は五〇人もいないんだもの。軍事基地というよりは、学校や生活共同組織としての性格のほうが強いわ」

「角紅が、これまで学校を何校建てたかご存じですか？」

「それはそれ、これはこれよ。私個人は角紅がやっていることに、一定の評価は与えているつもりよ。食事を終えたら、診療所へいらしてくださいな。ひととおり診察しますから」


その夜は、初めて粟《あわ》のご飯が出た。二人の人質の話題は、自然に終戦直後の食うや食わずの時代の懐古になった。雨は降ったり止んだりだったが、風は確実に強まっていった。

赤軍の藤岡は、嘘か本当か「現地妻がいるから」と、そそくさと姿を消した。

診療所は、集会所の隣りにあったが、竹で編《あ》んだベッドが三つ並べられただけの粗末な部屋で、数本のロウソクの灯があるだけだった。もし、まともな灯があれば、ドクター・バレンタインのか細い腕に浮き出た血管が見えたはずだった。

風が強く、ロウソクは消えないようにガラス・コップの中に入れられていた。

一〇歳ぐらいの女の子が一人横になっていた。ドクターは、二人を向かいのベッドにかけさせ、ペンライトで瞳を覗き込み、脈を取った。

「ねえ、ドクター。貴女《あなた》がやってらっしゃることは、とても崇高《すうこう》な仕事だ。だが、テロリストの汚名を着せられてまで、やる価値のある仕事には見えないですな」

「私をテロリスト呼ばわりする連中はね、大使。ハーバードあたりで取ったMBAで、統計学の戦争をする連中よ。専攻は椅子を磨くこと。ベトナムで負けたのをマスコミのせいにして、鶏《にわとり》を割《さ》くのに牛刀を持ち出して、はしゃいでいる連中なのよ。私の奉仕は喜びであって、名声を得るための行為じゃないわ」

「戦争嫌いの私としては、一部同意しますな」

「わが社は、来年サン・ビセンテに診療所を開設する予定です」

「住民に、病院へ行くようなお金はないわ」

「ドクター、無料診療所を開けというのであれば、それは無理です。病人すべてが押しかけて、地元の医師を失業させる。貴方がた理想家は、現実の地域開発がどれほど難しいか解っていない」

「一部は同意するわ。つまりこういうことかしら。私たちは敵同士だけど、お互い認め合う部分はあると……」

「方法論が違うだけですよ。われわれは、まず資本の力で国力を整えてから民衆を豊かにしようとしている。戦後の日本はそれで成功しました。貴方がたは、まず民衆に資本を委《ゆだ》ねることから始めようとしている。少なくとも、私には成功するとは思えない」

「たとえ貧しくとも、人間にはそれなりの尊厳が必要なものよ。外国資本でもって、文字通りブルドーザーのように国土を破壊することを、誰が喜ぶか、私は疑問だわ」

聴診器を当てて、診察は終わりだった。

「お二人とも、少々栄養過多のほかは至って健康ね。足の怪我は、サンダルに慣《な》れるまでは我慢してくださいな。持病はないわね」

二人とも首を振った。歩巳がベッドを見て尋ねた。

「この娘は、どこが悪いんですか?」

「強《し》いて言えば、心の病《やまい》ね。捨て子なのよ。私がここに来てから、ずっとここに寝泊まりするようになったの。一所懸命、英語を覚えるのよ。私に捨てられるんじゃないかと不安なのね」

「われわれにはどの程度の自由があるんですか？」

「さて、それはバードク大尉にでも聞いてくださらないと解らないわね。逃げようと思えば不可能じゃないわ。見張りはせいぜい一人か二人だけだから。二日も走れば、どこか麓《ふもと》の村に辿《たど》り着けるでしょう」

「でも、そうすると復讐がある」

「私は医者として、ＮＰＡがやっていることすべてに賛成しているわけじゃないのよ。とにかく、貴方がたの身分に関しては、バードク大尉と話し合うことね。毎日、できれば昼間のうちに健康診断をします。それから、大尉から説明があると思うけれど、ここは自給自足が原則ですから、台風が過ぎ去ったら農作業に出ることになると思うわ」

「まあ、運動不足でブクブク太るよりはいい」

「じゃあ、お休みなさい。たまには、風の音色《ねいろ》を聴きながら眠るのもいいでしょう。文明人には休息が必要よ」

二人は風が強い中を、監視兵が持つ松明《たいまつ》の灯を頼りに自分たちのねぐらへと帰った。

「ひと月程度で済むんなら、本当にいいダイエットになる」

「そいつはどうかな。誰が交渉の矢面《やおもて》に立つかを決めるだけで、外務省は一カ月間、鳩首《きゅうしゅ》会談を延々続けることになるさ」

「そのころには、社長の椅子は埃《ほこり》をかぶって、代わりの人間が跡目《あとめ》を相続している。無事に帰ったら会長職に祭り上げられて、ゆっくり休んでください、ですよ」

「敵はＮＰＡだけじゃなかったということかな」

泥濘《ぬかるみ》のせいで足元がグチャグチャになったが、二人とも、もう気にはしなかった。旅行用のトランクはゲリラが運んでくれたので、二、三日分なら着替えもある。それだけでも、ここでは恵まれていた。


沖縄までは、高度三〇〇〇フィートを巡航速度の時速六〇〇キロで飛んで、三時間ちょっとの距離だった。

海上に出てしばらくすると、麗子はコクピットを立ち、代わりに東尾一尉がコーパイ席に座って、大型機の操縦を楽しんだ。

麗子は、間島一曹のいるセンサー・オペレーター席の隣りにある補助椅子に座った。

「ねえ、間島さん。ちょっと本業以外のことでお伺《うかが》いしたいんだけど……」

「いいですよ」

間島は、ディスプレイを二分割して楽しんでいたゲームを一時停止状態《ポーズ》にした。一つは『大戦略Ⅲ90』というゲームだとすぐ解ったが、もうひとつは、アダルトのアドベンチャー・ゲームのようだった。

「参ったな……。一人脱がせてから、てんで先に進まねぇや」

「貴男確か、コンピュータ・フリークなのよね。ハッカーだとか、お手の物なんでしょう？」

「まあ、それが商売みたいなもんですからね」

「じゃあ、たとえば、特定の会社の財務状況や、通信メールを覗《のぞ》いたりもできるのよね？」

「暗証番号《パスワード》さえ解れば、どんな組織のどんなネットワークにでも侵入できます。パスワードがないと、侵入できる確率は五分五分ですね」

「ここからもできる？」

「衛星通信は常時確保されていますから」

「父の会社に侵入してほしいの」

コクピットの早見に聞こえないよう小声で喋った。

「ふーん……」

間島は右手に持ったマウスを、マウス・ポケットに置いた。《ブルドッグ》は宙返りこそしないが、左右にはかなりきつい横揺れを来《きた》すので、機内の部品はヘッドセットひとつから、ペン一本に至るまで転《ころ》げ回らぬ固定されていた。

「一企業が扱う情報量は、われわれが扱うものとは桁《けた》がちがいます。一度も触ったことがないラインに侵入して探し出すのはことですよ」

「父のパスワードならどう？」

「全部パスできるでしょうね。アクセスラインのコードとかご存じですか？」

「ええ。結局挫折《ざせつ》したけど、父が六〇の手習いでパソコンを始めるんだとか言って、自宅に会社からのラインを引かせた時にセットアップを手伝ったから。暗号コードは、私の名前のＲＥＩＫＯに続けて、母の誕生日の１１２５。ブビヤン・プロジェクト関係のデータを拾ってちょうだいな」

「解りました」

麗子は、会社のコンピュータの電話番号をメモした。

辰巳曹長は、尚美の隣りで、機関温度計に関する専門的な話に興《きょう》じていた。コクピットのメイン・モニターには、衛星チャンネルが流すニュース番組が映《うつ》し出されていた。

麗子は、東尾が座っていた席に腰かけた。早見は眠っているのか、起きているのか解らなかった。

「早見さん」

麗子が呼びかけると、早見は「え？」と斜め後ろを振り返った。

「現地では、誰が待っているの？」

「支店長はイリガン将軍と行動をともにしているはずなので、現地出張所のフィリピン側責任者がいるはずです。残念ながら、事件発生直後、日本人スタッフには引き揚げ命令が出されました」

「その、ノリエガとか、イリガンとかいう将軍に出会ったら、俺たちゃ敬礼しなきゃならないのかね？」

飛鳥が口を挟んだ。

「いえ、作戦がうまくいったら、会社のヘリで空港まで人質のお二人を運ぶつもりですから、その必要はないでしょう」

「ヘリのパイロットってのは日本人かい？」

「整備士は現地人ですが、パイロットはアメリカ人です。元海軍パイロットで、スービック・ベイに駐留した後、そのまま居《い》着《つ》いたようです。一、二度会ったことがありますが、陽気な男ですよ」

「なら安心だ」

麗子は、暗がりの中で早見の横顔を覗き込んだ。嘘をついているという顔ではなかったが、隠し事を抱えている時の顔だ。

「沖縄だ。そろそろ降下するぞ」

飛鳥の言葉が、麗子の疑惑を中断させた。


ハンディ・ムービーを持って観光客然とした明石守《あかしまもる》二佐は、ロハス通り沿《ぞ》いのナイト・クラブで、日本人向けの妖《あや》しげなダンスを見物しながら、人目を引かぬ程度にアルコールを飲み、チップを弾《はず》み、女の子たちに視線を浴びせかけていた。

淡いピンク色のバロン・タガログを着た男は、ステージの裾《すそ》をひと巡りしてから明石のボックス席に腰を降ろすと、女の子を人払いした。

「こういう場所での密会なら、毎晩でも歓迎するよ」

男は流暢《りゅうちょう》な日本語で喋った。

「町中では目立つ日本人も、こういう場所なら、マジョリティだ」

「君らは国へ帰っても、クラブで私の同胞をタコ部屋へ詰め込んで、似《に》たようなことをやらせている。もちろん、僕はナショナリストではないが……」

「言いたいことは解るさ」

「そうかな。フィリピンを食い潰《つぶ》そうとする会社の代表と大使が誘拐されたぐらいのことで、この騒ぎだ。ジャパユキさんと称して、ヤクザが東京でやらせていることは、数千人単位の誘拐と強制売春だ。もし僕が、一人のジャパユキさんを探して助け出してくれと、六本木の防衛省を訪ねたら、君は譴責《けんせき》を恐れずに政府を動かしてくれるかね？」

「もちろんさ。それは互いの立場がどうのこうのということじゃない。僕と君は、防大で同じ釜の飯を喰った戦友だ」

「そうだな……」

男は、軽い溜息を漏らした。

「ブビヤン・プロジェクトは擱座《かくざ》している。大使館の宣伝とは大違いさ。NPAが一年ほど前から、サン・ビセンテ付近にベースを作って波状攻撃をかけている。二カ月前、現場労働者が襲われ、二人の死者が出て以来、大量の労働者が作業をボイコットして、現場を離れてしまった」

「まさか⁉……。そんなニュースは大使館には届いていないぞ」

「役人に届け出てどうなるものでもない。とりわけ、このフィリピンじゃね」

「フィリピン当局は知っていたのかね？」

「大統領府が知っていたか、という意味なら、知っていただろうな。だが、打つ手があったとは思えない。あの地方はイリガン将軍の勢力圏内だ。対応うんぬんということになれば、将軍に晴れ舞台を用意してやることになる。角紅は、ロケーションの選定を間違ったよ」

「だが、開発が頓挫《とんざ》すれば、将軍自身も困るじゃないか？」

「そこが、この事件のミソであり謎であり、胡散《うさん》臭い部分さ。将軍は最初、NPAに武器援助していたふしがある」

「そんなバカな……」

「別に珍しいことじゃないさ。冷戦時代、アメリカはソヴィエトに技術情報をわざと流していたし、日本でも、警察官と暴力団の癒着問題は始終ニュースに上るじゃないか。フィリピンでの軍隊の存在意義と言えば、ゲリラ対策ぐらいのものだ。NPAの活動が手に負《お》えなくなった時点で、将軍が掃討に動けば、彼は角紅から巨額のリベートを引き出せる。それを元手にすれば、次の大統領選挙を有利に進められる」

「角紅は知らなかったのかね？　君は角紅とも付き合いがあるんだろう？」

「おいおい、言葉遣《づか》いには気を付けろよ。俺は角紅のマニラ駐在員と面識があるだけのことで、角紅そのものと付き合いがあったわけじゃない。だが、薄々は感づいていたんだろうと思うよ。成り行きに任せるのがベターだと会社は判断したんだろう」

「やれやれ、まるで狸《たぬき》の化かし合いみたいだな。どうすりゃいいんだ……」

「フィリピン政府は、公式にも非公式にも、今回の事件にコミットするつもりはない。角紅は事件の被害レポートを出さなかったし、イリガン将軍に必要以上に接近しすぎた。自力で交渉するんだね」

「君らはかまわないのかね？　イリガン将軍が無事に人質を解放し、軍部での名声を上げ、角紅から巨額のリベートを貰うことになっても」

「そんなことを望んじゃいないさ。だが、将軍を抑《おさ》える力はマニラ政府にはないし、NPAとの平和的交渉を唱《とな》えたら、政府は軍そのものを敵に回すことになる。何かいい案でもあるかね？」

「そうだな……。急に言われてもな。米軍は出ないのか？」

「自分で交渉してみればいい。駐留米軍は、多数の将校をNPAに暗殺されたが、まさか日本絡《がら》みの線で動きはしないだろう。それに、アメリカ大使館は、フィリピンの多国間援助による開発事業の受注状況が、金を出す日本の企業に片寄りすぎていることに、繰り返し不快感を表明してきた。角紅の災難を笑って見ているくちだろう。あれこれ考えることはない。イリガン将軍の救出作戦が成功すれば、人質は無事に帰ってくる。将軍の権勢が、その後どうなるかは、君たちの関知しないことだ」

「そうもいかんだろう。フィリピンに迷惑をかけることになるし、第二のマルコスを生み出す危険がある」

「では、当面二人の救出は諦《あきら》めることだ。その後、宗教関係者でも間に立てて、息長く交渉すればいい」

「僕もそれがいいと思うよ。だが、東京のほうには、二人の救出を急ぎたい理由が、何かあるようだ」

「じゃあ、僕にできることはたいしてないな」

「ありがとう。何も知らずに動くよりはましだ。もう一度東京を突いてみるよ。新展開があったら知らせてくれ」

男はドライ・マティーニを飲み干すと、静かに席を立った。明石二佐は、しばらく「参ったな……」と呟きながら、立て続けに三本のマールボロを吸い、情報提供者に遅れること三〇分ほどで、そのクラブを後にした。

通りの外れで三輪車《トライシクル》を拾うと、秘密のナイト・スポットを薦《すす》める運転手に、「疲れている」と告げて大使館へ向かうよう命じた。


沖縄、那覇《なは》空港での燃料補給は一時間で済んだ。離陸するまでの間に、早見は公衆電話から会社へ電話を入れた。麗子は領事作戦部へ、飛鳥も小牧へ一本入れた。

間島は、「機内からだって、電話は使えるのに」と不審がったが、三人とも他人に聴《き》かれたくない話があったせいだった。

麗子が機内に帰ると、東尾の姿が消えていた。後部キャビンで、マグライトを使いながら自機のチェックに励《はげ》んでいた。

「照明と電力さえ確保できれば、ここは整備スペースとして申し分ない空間です。《ブルドッグ》チームは、こいつを空中投下させる計画を立案中なんですよ。僕にとっちゃ、可愛いおもちゃなんですがね」

「そんなことしても、パラシュートで降下しながら、ローターを開くというわけにもいかないでしょう？」

「ええ。ですから、ちょっとした広場をめがけて、パレットに乗せたままで落として、地上でローターを開くことになります。パラシュート投下と言っても、墜落とほとんど同じことですからね、その衝撃を考えると、無茶もいいところですよ」

「ちょっといいかしら？」

「どうぞ」

麗子は左側のドアを開けて銃手席に納まった。固定翼機は、小型機だろうが大型機だろうが、機長席はレフト・シートと決まっているが、回転翼機の機長席は右側席《ライト・シート》と決まっていた。

視界が広い、というのが第一印象だった。

「ここから見る景色は格別でしょうね」

「こいつは武装機《ガン・シップ》ですから、センサー関係のメカがごちゃごちゃしてますが、原型のOH—6ヘリは、ヘリコプターとしては最大の視界を確保しています。一度、木更津《きさらづ》にいらしてください。お乗せしますよ」

「任務外のことで、もし知っていたら教えてほしいことがあるんだけど……」

「野際准尉のことですか？」

東尾がマグライトを消すと、コクピットの灯がぼーと霞《かす》んで見えた。『ハーキュリーズ』のキャビンは二〇メートルもある。電車の一両分より長いのだ。

「どうしてそう思います？」

「そりゃあ、解りますよ。貴女の視線は、ライバルを見つめるそれです」

「ライバルっていう意識はないけれど、嫉妬はあるわね。機長と訳アリなようだけど、機長は教えてくれそうにないし、本人に訊くのは癪《しゃく》だし」

「僕も、野際さんが機付き長と聞いて、ちょっと驚きましたよ。野際さんの旦那さんは、航空自衛隊きっての名テスト・パイロットでした。息子さんが生まれる直前、訓練中に殉職されました」

麗子は、やっぱり……という表情をした。

「それが、機長とどういう関係があるの？」

「さて……。私の立場でどこまで話していいものやら」

「全部話してしまいなさい。私たちは互いの命を共有しているのよ。クルーの間に緊張関係を強《し》いるような秘密は解消すべきだわ」

「まあ、一理ありますね。パイロットには、二種類あります。こつこつ努力して技量を磨いていく奴と、生まれながらのセンスを持った天才肌のパイロットと。飛鳥さんは、完全に後者のほうです」

「同じパイロットとして同意するわ」

「デスク作業は大嫌い、指揮官能力ナシ、ファミリーカーの世界を極度に嫌う」

「そうね。あの男性が六〇歳を過ぎても、あの調子なら誉《ほ》めてやるわ」

「この話は、あくまでも伝説です。自衛隊のパイロット仲間に流れているひとつの伝説だと考えてください。僕も真偽は知らないんです。

でも、パイロットの世界には伝説はつきものでしてね。世界で初めて音速《マッハ》の壁を超えたチャック・イェーガーが、じつは骨折していて、実験当日、満足に操縦桿《かん》を握れる状態じゃなかった話とかね。

亡《な》くなられた野際さんと、飛鳥さんは、飛行学校からずっと一緒でした。飛鳥さんは、防大出のはみ出し者、野際さんは、何でも孤児院で育てられた生涯孤独の身の上だそうで、少年自衛官から上がって来た叩き上げのパイロットでした。でも、性格は正反対でした。野際さんは誰からも好かれる明朗快活なタイプで、学校じゃ、飛鳥さんが孤児院育ちで、野際さんが防大出じゃないかって冗談が飛び交《か》ったぐらいでした。単独飛行《ソロ》も二人同時、当時はF―4ファントムが一線機でしたが、そのコースに上がるのも一緒でした。その、節目節目《ふしめ》に立ち会ったのが、《ブルドッグ》チームの隊長である佐竹さんですよ。

二人は当然のように、新たに導入されるF―15イーグル戦闘機の初代搭乗メンバーに選抜され、最初の飛行隊が昭和五六年宮崎の新田原に配備されると、向こうへ異動になりました。佐竹さんも一緒にね。そこにいたのが、地元出身の奥さんです。今でこそ、整備現場で女性を見かけるのは普通になりましたが、当時はまだ珍しかった。しかも、最新鋭機の現場です。もちろん、女性整備士は彼女独《ひと》りだったそうですが。当然、奪い合いになりました。まあ、飛鳥さんには、その気はあんまりなかったんだけど、すんなりライバルを結婚させるのが癪《しゃく》で張り合ったという噂もありますが。で、一人の女性を賭けた〝エリア―Lの一騎討ち〟として知られる空中戦《ドッグ・ファイト》が行なわれたんです」

「飛鳥さんが負けたわけね」

「ええ。ただ、これも諸説ありましてね、わざと負けたというのから、空中戦での決着をけしかけた佐竹さんが、事前に飛鳥さんに向かって、『お前は家庭を築く才能はないからさっさと負けろ』と、忠告したとか。結婚した後、野際さんは夫婦ともども岐阜《ぎふ》の実験隊へ異動になり、旦那さんはそこで飛行訓練中に殉職しました。

空間識失調《バーチゴ》……。歩巳さんはご存じでしょうが、空中戦《ドッグ・ファイト》の訓練で体重の九倍もの重力《G》に耐えながら過激な運動を繰り返すと、意識や感覚がおかしくなって、墜落《オーガーイン》する。当時はまだ、バーチゴに関する情報は少なかった。どんなベテランでも、バーチゴは避けられません。

〝エリアーLの一騎討ち〟を知っている連中は、当然飛鳥さんと再婚するんだろうと思っていましたが、当時飛鳥さんには、別の縁談が進んでいた。結局その結婚も一年と保《も》ちはしませんでしたがね。で、今日に至ったわけです」

「尚美さんは、佐竹さんが呼んだのよね」

「当然そうでしょうね。佐竹さんに、腹づもりがあるのかもしれませんが、でも、佐竹さん以外でも、二人を再婚させようと試みた連中はいたはずですよ。それでうまくいってないんですから、二人が以前の状態に帰ることはないでしょう」

「そうね……」

小牧のエプロンに彼女が現われた時、飛鳥が目を吊《つ》り上げて怒った理由は、彼女の一人息子に、父親と同じ人生を歩ませせないためだ。

「ご免なさい。余計なことで時間を取って」

「いえ。ただ、お節介《せっかい》かもしれませんが、飛鳥さんて人は、本当に家庭を築く才能はないんですよ」

麗子は暗がりの中でフフッと笑った。

「解っているわ。でも私はね、彼のそういうところが気に入ってるの」

《ブルドッグ》は、日付けが変わったころ、東尾一尉の危なっかしい操縦で離陸した。目的地まで三時間。現地は台風が近付いていていた。


シェラマドレ山脈の山裾《やますそ》にある村に辿《たど》り着くと、先行する『スコーピオン』軽戦車が停止した。眠りについていた村人たちが、キャタピラが立てる地響きに驚いてぞろぞろと出て来た。

佐伯支店長は、ジープの幌《ほろ》を叩く風が気になった。暗闇の中から、戦闘服姿の男が現われ、車内のホセ・イリガン将軍に向かって軽く敬礼した。

「お待ちしておりました。将軍。残念ながら車両移動が可能なのはここまでです。ここから先は徒歩かラバの移動になります」

「この村は大丈夫なのか?」

「はい。敵の監視兵がおりますが、買収済みです。心配はありません」

「では、わしはここで待たせてもらう。君らは行くんだろう?」

将軍は、佐伯とサルムント中佐を好奇の眼差《まなざ》しで睨《にら》んだ。

「指揮は誰が執るんですか?」

野戦服姿のサルムント中佐が尋ねた。

「この、ロスマン・エルミタ少佐が執る。グリーン・ベレーで、NPA狩りのエキスパートだ」

「じゃあ、私も遠慮しましょう。階級が高い人間が付いて行くと、指揮系統に齟齬《そご》を来《きた》す恐れがある」

「確かにな。さて支店長がいないと、二人を見分けられないが……」

「ええ。もちろん私は参ります」

これだから、イリガンという男は信用できないのだ……。肝心《かんじん》なところで抜け駆けする。

「例の件は間違いないですね？」

「例の件？……。ああ、空軍のことか。心配はいらん。ちゃんと鼻薬を嗅《か》がせてある。エルミタ少佐。ミスター・サエキの安全には万全を尽くしてくれ」

「承知しております」

「うむ、では吉報を待っておるぞ」

佐伯がジープの外へ出たとたん、突風にゴルフ帽が攫《さら》われた。

「イロカンディア伍長！　貴様《きさま》にミスターの世話を命じる。鉄兜《てつかぶと》とポンチョを用意してやれ。タヤバス中尉、出発だ。斥候《せっこう》を出せ！」

顔の表情を読みとることはできなかったが、きびきびした命令が、少佐の信頼感を醸成していた。これなら、危険な状況に陥《おちい》っても、頼りになりそうだ。少なくとも、イリガンのような銭勘定しか能のない男が、陣頭指揮を執るよりはましだ。

佐伯はそう自分に納得させながら、ラバのごつごつした背中に乗った。鉄兜はやたらと重いし、死体をくるめるように作られた雨合羽《あまがっぱ》のポンチョは、着慣れない人間には、最低だった。

向かうジャングルはあまりにも深く、天気は気まぐれだった。


沖縄を離陸して一時間ほどしたところで、機は自動操縦《オートパイロット》の状態にあった。早見は、後部キャビンのキャンバス・ベッドで眠っていた。隊員の半分は、それぞれの持ち場で仮眠を摂《と》った。麗子と間島を除いて。

二人は互いのヘッドセットを繋《つな》ぎ、小声で話しながらモニター画面を覗《のぞ》いていた。角紅グループのブビヤン・プロジェクト関係の資料が、画面を埋め尽くしていた。

「この二カ月、全部の作業がまったく止まっていますね」

「全部というと、サン・ビセンテだけじゃなく、島の開発もそうなの？」

「ええ。そちらは全部というわけじゃありませんが、物資がアパリに滞留しています。ええーと……、これが、建築資材の在庫管理表です。左から品目、発注企業、荷積み港、輸送業者、手段、目的地到着日時……。島のほうへも、ここ一カ月移動が止まっていますね。ほとんどがＳＴＡＹ《ステイ》の表示になっていますし、サン・ビセンテ向けに関しては、まったくのゼロです。おかしいのは、特にこれですね。例の社長と大使が出席する予定だった、発電所の棟《むね》上げ式ですが、ゴンザガ向けのプラント物資はまったく止まっています。いったんサン・ビセンテへ運び込まれたはずのものすら戻っている。コンクリートですよ、基礎工事用の。棟上げ式なんかやれるような状況じゃなかったんです」

「通信ファイルはないの？」

「あるにはありますがね……」

画面に現われたファイルは、二カ月前からプッツリと途切れていた。

「何これ？……」

「ブビヤン・プロジェクト関係の文書ですが、二カ月前の日付け分から全部消去されています。一件だけ、たぶん消し忘れでしょうが、おもしろいのがあります。昨年の暮れ、マニラ支店が、ＮＰＡから受け取った計画中止を求める脅迫状が残っていますね」

「これは誰宛《あて》の文書なのかしら？」

「ブビヤン・プロジェクトの本社責任者である、専務取締役小谷義徳《こたによしのり》宛です」

「東京で洗ってもらいましょう」

「消された文書を覗いてみたくはないですか?」

「そりゃそうだけど、私たちが使っているパソコンのハード・ディスクとかじゃないんですから、一度消えたものを復活させるわけにもいかないでしょう?」

間島はへへっと、にやついた笑いをもらした。

「別に面倒な作業で復活させる必要はないんですよ。こういう大会社のコンピュータ・システムてのは、情報量が膨大《ぼうだい》ですから、トラブルが起こった時の損害が、致命的なものになります。だから、マザー・コンピュータとそっくり同じ物を、どこかの片田舎に置いて、関東大震災が起こって本社機能が全滅しても、そちらのバックアップ・コンピュータを使って、各支店が業務を継続できるようにしてあるんです。

角紅のそれは、長野《ながの》の松本《まつもと》に置いてあります。それは、毎日の本社や支店でのコンピュータ業務を自動的にバックアップしていくだけのもので、消去プログラムはほとんど使われることはないし、そもそも、そんなものがあるなんて知っている人間もほとんどいないはずです」

「じゃあ、それを覗《のぞ》けば、作業した本人は消したつもりのものが、そっくり残っているわけね?」

「ええ。普通の社員ではアクセスできませんが、社長のパスワードなら、問題ありません」

間島はキーボードを叩いて作業を続行した。日時を指定すると、消えていた通信ファイルが、画面に現われた。最初のものは、本社海外事業部オペレーション・ルーム宛となったサン・ビセンテ支局発の最優先扱いニュース《フラッシュ》だった。
《至急！　本日未明、作業員詰め所が、武装ゲリラの襲撃を受け、二人のセキュリティ・ガードが銃撃戦で死亡。ＮＰＡの署名のある犯行声明文が工事事務所に残されていた。
安原《やすはら》工事事務所長発。現地時間ＡＭ六・一一》
《続報、作業員が本日の作業を全面ボイコット、安全の確保と賃上げを求めてストライキに入る模様。
犯行声明文が残されていた工事事務所は荒らされた形跡はない。ＮＰＡへの内通者がいる模様。
安原工事事務所長発。現地時間ＡＭ八・二一》
《本社、小谷発、安原宛。状況の把握に努《つと》め、報告を密にせよ。本社時間ＡＭ九・二三》
その後に、状況確認のやりとりをする本社とマニラ支店、現地事務所との緊迫したメッセージの交換が続いていた。
「ここいらあたりから妙になりますね……」

初めて、早見の名前が出て来た。

《工事事務所長、マニラ支店長宛。

本件の処理は、調達本部長の早見君が、マネジメントT＆I社の協力を仰いで、指揮を執る。小谷発》

《マニラ支店、現地事務所宛。

一、本件の処理は、極秘に行なうものとし、とりわけマスコミと大使館を巻き込まないこと。

二、ホセ・イリガン将軍に協力を依頼。必要な出費は、本社事業本部扱いとする。

三、作業員の報酬アップを承認。セキュリティ・ガード増員の件承認。

四、工事作業の一時停止は不可。発電所プラントの棟上げセレモニーは予定通りとする。

五、スパイの捜索に全力を尽くす。

以上の確認を願います。とりわけ項目一には留意願います。

担当、早見》

それから、本社と現地との意見の食い違いを示す文書のやりとりが続き、二週間後、二度目の襲撃事件が起こって事態は決定的になる。作業員が仕事をボイコットして辞職を願い出た後、それぞれの出身地に帰郷してしまったのだ。

「この一番最後の通信は何かしら？……『計画はスケジュールどおり。具体的な準備は問題なし。成功報酬を支払うかどうかの件は、本社でご検討ください』

事件が起こる三日前の通信だけれど、何の成功報酬かしら……」

「マネジメントT＆I社のことじゃないですか？」

「それはありえないわよ。マネジメントT＆I社と角紅は、正式契約を結んでいるんですから、支払うかどうかなんてあやふやな問題が、生じるはずはないわ」

「じゃあ、通信を受け取ったご本人に訊いてみるんですね」

通信は、早見宛だった。

「全部のデータを保存しておいてちょうだい。それから小牧の佐竹隊長を呼び出して。マネジメントT＆I社の人間が、領事作戦部のオフィスにいるんじゃ、当分、東京は迂回《うかい》するしかないわね」

「機長に教えますか？」

「ここまで来たらしょうがないでしょう。だから何だって言われるかもしれないけど」

麗子は佐竹隊長に、警視庁に依頼して小谷専務の周辺を洗うよう頼んだ。領事作戦部は、麻薬対策という本来の任務の性格上、警視庁とは密な関係にあった。

間島は、データを、フロッピィ・ディスクとハード・ディスクの両方に入れた。音声通信を求める無線のビープ音が鳴り、間島はパネルのスイッチを切り替えた。

「こちら〝フリー・ライダーズ〟、ブルドッグ01」

「ああ、周波数が合っててよかった。機長を呼んでくれ。こちらはマニラ大使館だ」

「了解、その前に、秘話装置《スクランブラー》の周波数変換を願います」

麗子は、コクピットに帰って、シートで仮眠していた飛鳥を起こした。副操縦士席に座る東尾が起きていたので、機長が眠っていても別段問題はなかった。どこでも、いつでも眠れるというのが、自衛隊パイロットの特技だ。

「こっちへ回してくれ、間島」

飛鳥は、飛行計画をひととおりチェックしながらヘッドセットをかぶって間島に告げた。

「こちら、〝フリー・ライダーズ〟、飛鳥」

「マニラ大使館の明石だ。こいつはいちいち〝オーバー〟のコールをかけなくてもいいんだろうな？」

「衛星通信だ。双方向で同時に喋れる」

「そいつは助かる。貴様が来るのかと思うと背筋が寒くなるよ。静かに帰ってくれよな」

「お前さんの活躍しだいでは、手ぶらで帰ることもやぶさかではないな」

「どうやら、そうもいかんらしい。この回線は大丈夫か？」

「ちょっと待て」

飛鳥は、麗子を振り返って、「お客さんはどうした？」と尋ねた。

「大丈夫、寝ているわ。ドクターも一緒よ」

柴崎一尉には、前もって監視するよう言い含めてあった。

「間島、この通信は東京もモニターしているのか？」

「いえ、小牧だけです」

「よし明石、聞かれてまずい人間はいない。社長の娘はいるがな」

「いいニュースじゃない。とりわけ、お嬢様には、ショックかもしれんが……」

「大丈夫、貴様より度胸があるよ」

「ブビヤン・プロジェクトの中核となるサン・ビセンテは、二カ月前ＮＰＡの襲撃を受けて、現地人スタッフに死者を出している。それ以来、工事はストップしたまま、大使館は、その報告を受けていない。大使が知らないとなると、社長もそのことを知らされていたかどうか疑問だな。二人は、そういう危険を知らされることなく、棟上げ式に呼ばれたんだろう。誘拐してくれと言うようなものだ」

「誰が関わっているんだ？」

「マニラ支店長、これが知らなかったというのは、ちょっと考えられないな。それからもちろん、当事者である工事事務所長。今マニラで待機中だ。だが、誰がそれを極秘にするよう命じたかは解らない。本社の担当者じゃないのか。現状で解ったのはこれだけだ。イリガン将軍は、もう前線へ出たよ」

「了解した。あとは東京で調べてもらう。続報を頼むぞ」

「ああ、こっちも風が強くなった。荒れる前にさっさと脱出しろよ」

「了解、通信終わり《アウト》」


「どうなってんだ……」飛鳥が呟いた。

「まもなくブビヤン諸島上空よ」

尚美が告げた。「コーヒーでも飲む？　地上に降りたら、電力をセーブしなきゃならないから、今のうちよ」

「そうだな。濃い奴を頼む」

《ブルドッグ》は、長時間ミッションが前提の装備になっており、トイレはもちろんだが、ちょっとしたキッチンも備え付けられていた。とはいっても、飛行中は、四基のエンジンが生み出す莫大《ばくだい》な電力が間断なく提供されるが、地上にいる時は、補助動力装置《APU》からの電力供給しかなかったので、何でも使えるというわけにはいかなかった。

麗子は、尚美の作業を手伝いながら、間島が捜《さが》し当てた宝の山の話をした。飛鳥は、その通信データをコクピットのモニターに呼び出させた。

「どうも解らんな。何で隠し立てしなきゃならんのだ……」

「被害者とはいえ、会社の名前が新聞にでかでかと載《の》り、新聞は、ブビヤン・プロジェクトが環境破壊の元凶だと書き立てる。それだけの理由で充分じゃない」

「俺たち、自衛隊でよかったですね。叩かれるのは組織であって個人じゃない」

「まったくだな。あとで早見をとっちめてやる。間島さんよ、こいつのプリントアウトを取っておけ」

　月明かりが、水平線にたなびく雲の群れを微《かす》かに浮かび上がらせていた。海面には、航行する船舶の障害灯がポツポツ垣間《かいま》見えた。飛鳥は尚美が入れてくれたコーヒーをブラックで飲み干すと、操舵輪《ホイール》に軽く左手を添え、ディスプレイに、現在位置を表示させた。

「隠密《ステルス》飛行、第一段階に移行する。高度を下げるぞ」

「じゃあ、僕は退《さ》がります」

　東尾は麗子と交代した。《ブルドッグ》は、敵の勢力圏内に侵入する時、敵の脅威評価に応じて、機体を電子的に、より見えにくくすることができた。高度を下げて機外灯とレーダー発振を停止する第一段階から、燃料に特殊な添加剤を混ぜて、排気熱の温度を下げる第三段階まであった。

麗子がチェックリストを読み上げながら、飛鳥がスイッチをひとつひとつＯＦＦにしていった。

東の空がうっすらと明るみを帯《お》びて来たが、《ブルドッグ》が高度を下げて雲の中に入ると、それも見えなくなった。

4章　サン・ビセンテ

タバコのきつい臭いで、女は目覚めた。胸に抱いたリボルバーのグリップを握り、腰のホルスターに納めると、横になっていた身体をソファに起こした。風が窓を叩き、隙間風がヒューヒュー音を立てていた。ランプが点《とも》っていたが、窓から入る明かりのほうが明るかった。

「お早う……」

「うん。予定どおりなら、もうすぐ現われるだろう」

窓辺に立つ、汚れだらけのフライト・スーツ姿の男が答えた。がっしりした体格に、豊かな顎髭《あごひげ》を飾っていたが、髪の毛には白い物が混じり、皺《しわ》が刻まれた頬には、女の年齢よりも古いに違いない傷跡があった。

女は床に置かれた数丁の銃の中から、ショット・ガンを選んで右手に掴んだ。床には、スーツケースほどのサイズがある弾薬ケースから、携帯用ロケット弾まで置いてあった。武器だけを取るなら、ちょっとした要塞だった。

「どうやら助かったわね」

「まあね。襲撃して物資をめちゃくちゃにするには、絶好のチャンスだったのにな」

女は、化粧をしなきゃと思った。

「顔を洗って来るわ」

「うん、気を付けてな」

女がショット・ガンを右手に出て行くと、男は震《ふる》える手を〝ワイルドターキー〟のボトルに伸ばした。

「今日はこれが最後だ」

そう呟《つぶや》きながら、ふた口ほど飲み干した。それが最後にならないことは解りきっていた。今日は長い一日になる。もう一本、ボトルが必要になるだろう。

もっぱら、台風の風よけのために作られた待避壕《たいひごう》の中で、彼の愛機の『シュペルピューマ』のローター・ブレードが風に揺れていた。

「ハーキュリーズ・スペクター。戦場の悪魔がやって来る……」

男の脳裏《のうり》で、ナパーム弾が爆発し、銃弾が弾《はじ》けた。歴史上は遠い昔の出来事だったが、男にとってはつい昨日の出来事だった。


雨はそれほど激しくはなかった。小さな水滴となって、コクピットのガラスを叩く程度だった。

飛鳥は、サン・ビセンテの臨時滑走路を二回、タッチ・アンド・ゴーの要領で通り過ぎた。

「これでも滑走路かよ……。北海道の原野に着陸するほうがまだましだぜ」

「鉄板が敷いてあるじゃないの」

「雨が降っているんだ。表面はツルツルで、こんな重量物が降りた日にゃあ、ハイドロプレーニング現象が起こる」

「ショートとかいう双発の物資輸送機が、たまに離着陸するそうですよ」

起きて来た早見が言った。

「ショートが必要とする滑走路は、ハーキュリーズの三分の二以下だ。しかも、普通こんな横風では離着陸しない。あれを見ろ」

原っぱの外れにある、赤い吹き流しは、滑走路に対してほぼ九〇度に向いていた。

ほとんど真横からの風だ。

「ひでえな……」

「降りないわけにもいかないでしょう」

麗子がさっさと着陸するよう促《うなが》した。

「脚下げ《ギア・ダウン》！」

飛鳥は、機体の軸線をやや風向き方向へずらして最終進入《アプローチ》を行なった。

「みんな何かに摑まれ！　揺れるぞ」

鉄板の端っこぎりぎりに接地する。一瞬バウンドしたと思ったとたん、機体は風向き方向へ機首を振った。飛鳥はチッと舌打ちしながら、右の方向舵《ラダー》ペダルを踏み込んだ。

アンチ・スキッドブレーキが利《き》いて、機体がガクンガクンと激しく揺れた。

今度は左の主翼が浮き上がって右側へと機体が流され始めた。左のラダー・ペダルを踏み込む。その次は、後尾がスリップして、機首が左へと流れた。《ブルドッグ》は、まるでS字カーブを描くように右へ左へと流された。

滑走路の端で、斜めに停《と》まった時は、皆へとへとになって、溜息を漏らした。

「ま、台風が動けば、風向きも変わるだろうぜ」

飛鳥は、機体を風に立てるように向けてエンジンを切った。

「こんな天気でディフェンダーみたいなおもちゃが飛べんのかね?」

「飛ばないに越したことはありませんね。使えるものなら、シュペルピューマのほうがいい。とりあえず降ろして、ローターを広げましょう」

飛鳥は機内スピーカーを入れた。

「よし、みんな、聞いてくれ。無事に着陸はしたが、この風じゃあ、そう長くは居座れないだろう。地上部隊から連絡があるまで、ここで待機する。どこにゲリラが潜《ひそ》んでいるか解らない。警戒を怠《おこた》るな。間島、気象情報は頻繁《ひんぱん》に呼び出せ。補助動力装置《APU》

は動かすが、油がもったいないから、センサーの使用は最低限だ。銃手《ガナー》はヘリの組み立てを手伝ってやれ」

「了解。東京から連絡が入ったらどうします？」

「ウォーキー・トーキーで呼び出してくれ。非常召集は、エンジン始動で頼む。たぶん振動か音で気付くだろう」

「武装トラックがやって来るぞ！」

誰かが叫んだ。コクピットの窓から覗くと、機銃座を持つハーフ・トラックが、泥濘《ぬかるみ》の中を疾走して来るところだった。運転しているのが白人の男で、助手席にいるのは、野戦服を着てはいるが、女だった。

「大丈夫です。現地社員と、あれがヘリのパイロットです」

早見が言ったが、表情には困惑が現われていた。

「よし、行こう」

ラダーを降ろすと、まず早見が降りた。続いて、M—16A2ライフルを持つ飛鳥と東尾、そしてピストルだけの麗子が続いた。M—16A2ライフルは、《ブルドッグ》が密《ひそ》かに湾岸戦争に派遣された時に、米軍が墜落時の護身用に提供してくれたものを、そのまま装備として譲り受けたものだった。

早見を見つけると、トラックの女は、顔をクシャクシャにして抱き付いた。

「きっと来てくれると思っていたわ！」

とても流暢《りゅうちょう》な日本語だった。早見はすっかり戸惑《とまど》った様子で、抱き付かれた腕を解《ほど》いた。

「みんなが見ている。後にしよう。それに、僕は現地事務所には、全員撤退命令を出したはずだ」

「それは日本人駐在員に対してでしょう？　あたしはフィリピン人だもの」

女は軽いキスを浴びせた。

「君には、真っ先にマニラへ帰るよう言ったつもりだ」

「これは貴男のビジネスよ。誰かが守らなきゃ」

「君である必要はなかった。こんな、危険な場所で……」

「おいおい、雨ん中でラブシーンは止《よ》してくれ。付き合いきれねえや」

「紹介します。ステラ・セントポール。現地事務所の高級スタッフで、交換留学生として六年間、日本の大学で学びました」

「高級はよけいよ、早見さん。私はただのキャリア・ウーマンなんですから」

「ああ、それから、ヘリ・パイロットのサム。フル・ネームは何だったっけな、サム？」

「何でもいいぜ。フジヤマ、カクベニ、ソニー」

男は運転席から微笑みかけた。飛鳥は気付かなかったが、東尾は、同じヘリ・パイロットとして、男のフライト・ジャケットに飾られたひとつのバッジに目が留まった。本物にお目にかかるのは、東尾も初めてだった。

「こんなところで立ち話していると、ゲリラのいい目標になる。事務所というほどのものじゃないが、場所を移そうや」

サムが早口の英語で告げた。

四人はトラックに乗り込んだ。離れていても、サムのアルコールの臭いがした。ステラは、早見の腕を掴んだまま離そうとしなかった。

トラックに揺られている時、麗子はようやくその女性を思い出した。一度、会社の広報部のカメラマンやらライターと一緒に自宅に来たことがあった。彼女が、大学院でマスターを取得し、角紅への就職が決まった直後だ。要するに、角紅が留学費用を工面《くめん》した交換留学生が、角紅に恩返しするため、会社に就職し、さらにフィリピンに帰って祖国発展に尽くすという、広報部御用達《ごようたし》のプロパガンダ用人材だった。

麗子は、当時海外事業本部長だった父との談笑シーンの撮影が終わって、みんなが引き揚げた後、父と大喧嘩したことを思い出した。

角紅は、留学生を援助する資金とは桁違《けたちが》いの裏金でもって、取引先国の有力者や大使、政府高官らの子弟を〝留学生〟と偽《いつわ》って日本に招待し、高級ホテルに宿泊させ、六本木や銀座あたりで豪遊させていた。

父は男性としては尊敬できたが、ことビジネスとなると、おおかたの日本人と同様に、何の躊躇《ためら》いもなくモラルをかなぐり捨てる人間だった。

「就職する直前、自宅にいらしてくださったわね？」

早見が麗子を紹介すると、ステラの瞳にほんの一瞬敵意が浮かんだが、ほんの一瞬だった。彼女は日本式の裏表の顔を使い分ける礼儀作法を、ひととおり身に付けていた。

自分と早見のことは知っているな、と麗子は思った。

「社長のことは、フィリピン人として申しわけなく思います。とても恥ずかしいことです。でも、必ず私たちフィリピン人の手で、無事に救出してみせます」

まったく優等生的な発言だった。

滑走路の工事事務所は、日本から持ち込まれたプレハブ住宅だったが、壁の周囲は、鉄板で厳重にガードされていた。

「誰もいないのかい？」

「止めたんだけど、みんな逃げちゃったわ。この二日間は、サムと二人で守り切ったのよ」

「無茶もいいところだ。君に何かあったら、会社が非難されるんだぞ」

「だって……」

「まあまあ、健気《けなげ》じゃないか」

「一杯やるかい？」

サムは早くも誓《ちか》いを破ろうとしていた。

「サム！　今日は止めて。貴男が無事にやり遂《と》げてくれたら、会社の経費でワイルドターキーのバスタブに入れて上げるから」

「約束だぞ、ステラ」

飛鳥は、床にばら撒《ま》かれた武器をひとつひとつ手に取って、状態をチェックした。

「ここは、こんなに危険な状況なのかい？」

「用心のためです。みんながみんな、ＮＰＡを支持しているわけじゃないし、村は平和なものですよ」

「ふーん……」

「彼のバッジは、スーパー・ジョリー・ヘリの記章《インシグニア》ですよ」

東尾が、飛鳥に屈《かが》み込んで言った。

「と言うと？」

「ベトナム帰還《NAM》兵ですよ。〝どこかに必ず生存者がいる！〟、連中の合言葉です。捜索と救難《サーチ&レスキュー》にあたるスーパー・ジョリー・ヘリのパイロットは、ヘリ・パイロットとして、最高の腕前を持っている連中でした。何でこんなところにいるのか……」

「国に帰りたくない事情でもあるんだろう。飛んでいるさなかに腕が震えないっていうなら、俺はかまわんよ」

「地上部隊は出発したけど、まだ連絡はないわ。マニラ支店長が同行しているそうだから、助けが必要な時には、連絡が来るでしょう」

「シュペルピューマは飛べるのかい？」

「いつでも」

「整備士は？」

「逃げた。だが、俺一人でも問題はない。ウインチも使える。銃手がいれば申し分ないがね。ディフェンダーを積んで来たそうだが、この風じゃ危険だぞ。とりわけ山間部は」

「出さずに済めばと思っている。たぶん、スペクターで上空から援護しつつ、脱出した人質《ひとじち》を適当なポイントまで誘導し、そこでシュペルピューマに吊り上げるのが一番無難だろう」

「賛成だな」

身体は震えていても脳味噌は無事なようだと、飛鳥は思った。

「今のうちに、スペクターを見せてくれないか？」

「ああ、かまわないよ」

「サン・ビセンテの工事事務所のほうはどうなんだね？」

　早見が尋ねた。

「撤退命令が出て以来、誰も近付いていないわ。あそこへ行けば自家発電で、本社から気象データを受け取れるんだけど」

「何なら、今のうちにピューマで案内するぞ。ほんの五分で済む」

「頼むよ、サム」早見が言った。

「念のため、何か武器を持ったほうがいい」

　飛鳥は、サムと二人でハーフ・トラックに乗り込んだ。尚美と辰巳が『ディフェンダー』のローター取付け部分に上って、ブレードの取付け作業を行なっていた。

「あいつも待避壕に入れたほうがいいな」

「だが《ブルドッグ》も入れるというわけにはいかんだろう……」

「ブルドッグ？……」

「そうだ。鼻先が、ブルドッグに似ているだろう。だからそう呼んでいる」

　サムは、トラックで《ブルドッグ》の周囲を一周すると、巨大な主翼の下に車を停めた。いい雨よけになった。一〇五ミリ砲の、ちょうど隣りだった。

「俺たちのころは、まだ四〇ミリ砲だったな。ベトナムじゃあ、ずいぶん世話になったよ。敵《ベット》は、こいつを〝戦場の悪魔〟と呼んで嫌っていた。こいつが、上空で睨《にら》みを利《き》かしている間に、俺たちが降りて行って、パイロットを救出する。その作業は、ある種の芸術だった。国民は解っちゃくれなかったがね……。湾岸戦争の圧倒的勝利とやらで、国も軍部も、国民も立ち直った。ベトナムの亡霊を消し去った。俺たちみたいな年寄りだけが、取り残された……。俺にとっちゃ、何も終わらなかった」

「それが、戦争ってもんだろう。俺たちだって、いつもこっそり出撃してこっそり帰って来る。未《いま》だに公式には出撃したことがないことになっている。それが特殊部隊の運命ってものさ」

「あんたは若いんだな。俺みたいな歳になると、後悔と恨《うら》みだけが頭を持ち上げてくる。いつも、こんなところからはさっさと足を洗おうと思うんだがね。国へ帰って、ニューヨークあたりで日本人相手の遊覧飛行でもやってさ、プレスが利《き》いたベッドシーツにくるまれて眠る毎日……」

「あいにくと俺は興味ないな。どっちかというと、日がな一日椰子の木《パーム・ツリー》の下でビールを飲んで、気に入った時だけ空を飛ぶ生活のほうがいい」

間島がハッチから顔を出した。

「最新の衛星写真が届きました。小牧の気象班は、夕方までに離陸しないと、ひどく面倒なことになりそうだと言ってます」

「了解、昼すぎまでには帰れるさ」

『ディフェンダー』のブレードの取付けは、あっという間に済んだが、二人の整備士はずぶ濡れになった。

「亮！　ここにはシャワーなんてものはないんでしょうね？」

尚美がそれを尋ねると、サムは頭上を示して「ただで使っていいぞ！」と叫んだ。

「辰巳ちゃん、あんた、ピューマの整備はできるかね？」

「できますよ。型式が気になりますが、たぶん大丈夫でしょう」

「サン・ビセンテの事務所を見物に行くそうだ。手伝ってやってくれ」

「こいつはどうします？」

「東尾が飛べるっていうんなら、護衛に欲しいな」

「了解」


それから一〇分後、飛鳥は、『シュペルピューマ』のコクピットの左側操縦士席《レフトシート》で、東尾が操縦する『ディフェンダー』ヘリが、風が静まった瞬間を見計《はか》らって離陸するのを見守っていた。その『ディフェンダー』は、真っ黒に塗装され、国籍を示すものは、機体の製造番号《シリアル・ナンバー》すら削除してあった。

「俺たちも行こう」

サムは左手でコレクティブ・ピッチ・レバーを引き上げた。後部キャビンには、シヨット・ガンを抱くステラと、麗子、早見がいた。

「こいつには、空中自動停止機能《オート・ホバリング》がある。ずいぶん便利だぜ。真夏の暑い日、島への物資輸送から帰る途中に、キャビンから縄ばしご《ラダー》を垂らしたまま、機体を海面上空でホバリングさせて、海へ飛び込むんだ。一〇分かそこいら泳いでから、ラダーを上って帰る」

「その間、コクピットは無人なんだろう?」

「コクピットどころか、まったくの無人ヘリさ。ハッハッ!」

「こいつ、クレイジーだぜ……」

工事用道路に沿って飛んだ。サン・ビセンテのホテルが建つあたりは、周囲二、三キロにわたって、まったくの無人地帯だった。ホテル前の道路には、パーム・ツリーが規則正しく植えられ、ホテル前の海岸には、白い砂が敷き詰められていた。上空から見るかぎりでは、早見が撮った時の写真の状態から、ほとんど工事は進んでいない様子だった。

飛鳥は、無線で『ディフェンダー』を呼び出した。

「〝ハミング・バード〟、付近に人影があるか?」

「こちら〝ハミング・バード〟、視界内はまったく無人です。牛の一頭もいませんよ。こんなところにホテルなんかおっ建てて商売になるんですかね……」

「じゃあ、しばらくは降りても大丈夫だな」

「待ってください。現場の周辺を赤外線で洗います」

『ディフェンダー』は、二階建ての工事事務所の屋上すれすれまで降りて、事務所の周《まわ》りを赤外線でゆっくりとチェックした。自ら熱を発する生物がいれば、周辺とは違った温度分布を、辰巳が覗き込むフード型のモニター画面に映し出すはずだった。

「大丈夫なようですね」

「サンキュー。念のため、そっちはキャビン待機で頼む」

「了解です」

サムは、事務所から一〇〇メートルほど離れた資材置き場のヘリパッドに『シュペルピューマ』を着陸させた。

全員、それぞれ気に入った武器を手に持っていた。

「ほとんど進んでいないんだな……」

早見がポツリと呟いた。

「あら、昨日は順調だって言わなかったかしら？」

麗子が皮肉たっぷりに言うと、早見はそれっきり無言のまま歩いた。銃撃戦の跡《あと》を示す銃痕があちこちにあった。ステラが事務所の鍵を開けた。鉄製の、刑務所かと見まがうような頑丈《がんじょう》な扉だった。

「上の階は、作業員の宿泊施設になっていました。事件が起きてからは誰もいません。貴重品は、全部マニラ支局へ引き揚げました」

「工事作業日誌もかい？」

「ええ」

オフィスの中は、ロッカーが窓際を塞《ふさ》ぎ、机が壁に立てかけられ、床で仕事をした跡があった。銃撃から身を守るためだった。

「ジャパニーズ・ビジネスマンは、ピストルの安全装置の外《はず》し方すら知らんのに、こんなところで仕事する。まさにカミカゼ・スピリッツだね」

「連中は、それが名誉であり、誇りだと思っているのさ。何せ仕事以外の趣味を持たないんでね」

早見は、書類の整理箱を覗き、不必要な書類が処分されていることを確認した。

「二、三日前に、こういう状態になったたって感じじゃないな」

飛鳥はサムにも解るよう英語で喋った。

「ふた月も前からＮＰＡが襲撃を繰り返している。知らなかったのかい？」

「知ってた奴もいたようだが、俺たちは知らなかった」

飛鳥はＭ―16Ａ2ライフルの銃身を早見に向けた。

「どういうつもりだ？　貴様は全部順調に運んでいるように説明していた」

ステラがショット・ガンを飛鳥に向けた。

「自衛隊は総合商社ほどの予算を持っちゃいないんでね、ろくな情報はないが、それでも必要な程度の情報は手に入る」

「僕はずっと本社にいたんですよ。ここがどうなっているかなんて知る立場にはなかった」

「そうかな。専務取締役のなんとかさんから事件の処理を命じられたはずだ。マスコミと大使館に事件が知られないよう手も打った。いろいろと胡散《うさん》臭いことをやっているじゃないか?」

「社命ですからね。だが、この事件には関係ない。不必要な心配をさせたくなかったからですよ」

「ふーん……。理由がそれだけだとは信じられないがね」

「社長のお嬢様が一緒なのに、ことさら危機感を煽《あお》るわけにもいかないじゃないですか」

「貴男は、東京駅で私を出迎えた時には、フライト・スーツに驚いたくせに、小牧ではそうじゃなかった」

「マネジメントT&I社が、貴女がクルーにいると教えてくれました。止めて聞くような人じゃないでしょう?」

「いい加減にして！」

ステラは、ショット・ガンの引き金に指をかけた。

「みんな組織の人間なら、会社がどういうところかぐらい知っているでしょう？　必要な情報でも知らされないことがあるし、風通しが悪くなることだってある。このプロジェクトには、角紅の社運がかかっているんです。早見さんが慎重になったのは当然のことじゃない！」

「ま、一理はあるな」

飛鳥はライフルの先を降ろした。

「だが、俺たちを騙して何かやらかそうなんて考えないことだ」

「気を付けましょう」

事務所からマニラへ電話をかけようとしたが、回線は切れたままだった。自家発電装置は、燃料切れで止まっていた。飛鳥らは、その場に一〇分と居ず、引き揚げた。


臨時滑走路に帰ると、まずドラム缶の燃料をチェックし、滑走路脇に空《から》のドラム缶を積み上げて急場しのぎのトーチカを五つほど作った。ステラは必要ないと抗議したが、飛鳥は聞くつもりはなかった。雨は五分おきに降ったり止んだりだった。

自家発電装置が壊れていたので、辰巳と尚美は、それの修理もした。ラジオで、米軍の気象通報をエア・チェックする。

　ステラは事務所の無線機の前に座り、麗子と早見に気を配りながら陸上部隊からの連絡を待っていた。サムは、ソファで高いびきをかいて眠っていた。それが、麗子の言葉を隠す、恰好《かっこう》の雑音になってくれた。何しろ、ステラは一瞬たりとて早見の傍から離れようとはしなかった。

「貴男のこと、好きなのね？」

　麗子は、テーブルの地図を挟んで穏やかに話しかけた。

「そうじゃありませんよ。ただ、彼女は会社に恩義を感じているんです。ステラという名前は、ギリシャ語で星という意味ですが、教会で付けられたものです。孤児だったんですよ。たまたま、駐在員の家で家政婦《ナニー》として働いていたところを、頭がいいんで、日本で勉強させたらということになったんです。本当なら、同じ日本に来るにしても、ジャパユキさんとして来ざるをえない身の上だったんですよ」

「ナニーとして働いている女の子ならいっぱいいる。ほかにもそんなケースがあったなんて聞いていないけど。でも、たとえば広報上がりの小谷さんなんか、そういうパフォーマンスが好きな人よね。教会で育てられた孤児が、角紅の資金援助で大学へ進み、なお角紅に就職して恩返しする。新聞が飛びつきそうな、泣かせる話じゃない？」

「麗子さん……。誰からどんな話を吹き込まれたのかは知りませんが、僕は誰の派閥にも属しているわけじゃありません。それを言うなら、一番の恩人は社長です」

サラリーマン社長は、いずれはその席を誰かに譲らねばならない。現社長に従《つ》くよりは、次期社長に従いたほうが得に決まっている。

だが、麗子はそこまで言うつもりはなかった。

「角紅には、いろいろ問題もあります。でも、日本人観光客相手の売春婦としてしか生活の糧《かて》を得られなかっただろう女性が、こうして誇りを持って働いているんです。角紅の奨学資金は、世界四〇カ国で、一〇〇人以上が受け取っています」

「それが免罪符なわけ？」

「お父様に聞いてください。私たちは、慈善事業をやっているわけじゃないんです。他人に施《ほどこ》しを与えるには、まず自分が豊かでなきゃいけないでしょう」

「変わったわね、貴男……。昔の貴男はそんなじゃなかったわ。会社のどこに問題があるか、上司の娘に平気で喋ったし、アメリカで事業を興《おこ》して、恵まれない人々のために汗を流したいと言っていた」

「あのころは若かったんですよ」

「毎日、山のような残業をこなして、上司にペコペコ頭を下げて、一つずつ肩書きを増やしていくのが大人になった貴男の夢なんだわ」

「それが、東京で暮らすサラリーマンが抱く普通の夢ですよ。市井《しせい》の、平凡で、だけどそれがマジョリティです。何が気に喰わないんですか?」

「失望したわ、幻滅したわよ。私が愛した男は、もっと夢のある男だと思っていた」

　声が大きくなった。いつの間にか、ステラがじっとこっちを見つめて二人の会話を聞いていた。

「もう、貴女の彼じゃないのよ。社長のお嬢さんだからって、言っていいことと悪いことがあるでしょう」

「やめろ、ステラ。君には関係ないことだ」

「他人の食べ物を盗まなきゃ生きていけないような荒《すさ》んだ生活に縁のないお嬢様には、解らないことよ。敵だらけの世間で生きていくことが、どんなに大変か」

「社長の娘だからって反論する資格はない、なんて思いたくないわね」

　飛鳥が入って来て、二人の対決は中断された。

「東京からメッセージが入っている。弓月《ゆみつき》警部からお前さん宛だ。何だ? また、もめ事か?」

「いいの、終わったことよ」

　麗子はポンチョをかぶると、M―16A2ライフルを持って事務所を出て行った。ステラが、その後ろ姿に向かって首を掻《か》き切る真似《まね》をした。

「フン……、もてる男は辛《つら》いやね」

飛鳥はポンチョをパタパタさせて、水滴を床にバラ撒いた。

「気楽でいいですね……」

「まあ、何せ一度離陸すると無事に着陸できる保証は何もないんでね、だから、あれこれ考えないことにしている。明日死んでも後悔しないって言うんなら、パイロットは気楽な稼業だぜ」

飛鳥は、サムのワイルドターキーをひと口いただいた。謎はあるが、気楽な任務《ミッション》になりそうな気がしていた。


ノース・ベースへの道のりはさんざんだった。途中三、四カ所もブービー・トラップが仕掛けてあった。エルミタ少佐は、「事前に情報は得ているが、情報漏れのことは敵も知っているので、ときどき場所を変えられる」と脅《おど》した。

タヤバス中尉が先頭に立っていた。佐伯支店長は、イロカンディア伍長の、ヒアリングも困難なほどひどい英語のジョークに付き合いながら（しかもつまらなかった）ラバの背中で悪戦苦闘していた。たった一度だけ、伍長がもっともだ、と頷けるジョークを口にしたので、佐伯はなりふりかまわずラバを降りた。

「ラバに乗っていると、歩きの兵士より背が高くなって目立つから、撃たれる時は真っ先に狙われる」

それからというもの、他の兵士と同じように銃をかまえ、少佐とは距離を取って歩くようにした。

最後の尾根へ近付くと、兵士たち個々人の間が開いて、横へ散開した。

佐伯は、地面の草を揺らさないよう注意された。あたりは靄《もや》がかかって、けっして視界はよくなかった。

エルミタ少佐が手招きして佐伯を呼んだ。偵察に出ていたタヤバス中尉が、ボード上に敵の配置を書き入れていた。

「監視塔は四つに増えています。いずれも対空機銃座付きです」

「こっちから狙えそうか?」

「手前の二つは何とかなりますが、奥は駄目ですね」

「視界はどのくらいある?」

「一〇〇メートルあるかないか。もうしばらくは、この状態が続くと見ていいでしょう。空から支援攻撃を仰《あお》ぐには絶好のチャンスです」

「よし。じゃあ、自衛隊の秘密兵器を呼んでもらおう。連中が来るまでに、われわれは配置を終え、攻撃準備を整える」

「了解」

少佐は通信兵を呼んだ。

麗子は、《ブルドッグ》の機内で領事作戦部の警察側のメンバーである弓月警部と通話中だった。

マネジメントT&I社には警戒するよう鳴海に伝えてあったので、弓月は警視庁内の通信ブースから直接かけて来ていた。

「何しろ夜中のことなんで、ろくな情報はありませんでね。総会屋崩れから、かき集めたものばかりです。話半分と考えたほうがいいですよ」

「すみません、お疲れのところを」

弓月は胃潰瘍《かいよう》で入院し、先週退院したばかりだった。

「それで、お父さんの会社の社長レースですがね、現在病気療養中の会長、あんまり先は長くなさそうですが、この人が亡くなった後、お父さんが会長職へ退《しりぞ》かれるわけですね。現在角紅は、副社長の古谷《ふるや》と、専務取締役の小谷が、次期社長のポストを巡って水面下の争いを繰り広げている。小谷さんは、生《は》え抜《ぬ》きですが、角紅のダーティなイメージをそのまま引きずっていて財界の受けがよろしくない。いっぽうの古谷さんは、経済産業省からの引き抜き組で、人当たりもよく、財界の受けもいい。ただの天下《あまくだ》りとは言えませんが、社内では外様《とざま》の印象が拭《ぬぐ》えない。そこいらへんがネックという話ですな。それぞれ閨閥作りも熱心で、古谷さんは、経済産業省に勤める息子をメイン・バンクの次期頭取候補の娘と結婚させた。いっぽうの小谷さんは、女の子ばかり三人だそうですが、長女は政治家の二世と結婚、次女は、何でも、早見さんとの縁談が進んでいるそうですな。この早見さんにも、いろいろ噂があって、交換留学生として、角紅が奨学金を出した現地社員とロマンスがあったり、現社長令嬢とも……」

「それは噂じゃなくて、事実です。別に隠さなきゃならない理由はないわ」

「そうですか。本人の弁では、付き合いも仕事のうちと言ったそうです。あくまでも伝聞《でんぶん》ですがね、若いのに、やり手のようだ。現状では、ブビヤン・プロジェクトの担当重役である小谷さんが一歩リード、だそうです」

「それも、この事件の処理しだいね」

「ええ、小谷さんにとっては、クビがかかっているといっていいでしょう」

「でも、おかしいわね。プロジェクトの担当なのに、どうして父の視察に同行しなかったのかしら？」

「さあ、別に珍しいことじゃないそうですが、理由は解りませんね。それと、公安部の連中が妙な噂を持ってました。犯人グループにいた元赤軍の藤岡ですが、だいぶ金回りがよくなったようです。金蔓《かねづる》を捕《つか》まえたとかで、身代金誘拐なんかする必要があったかどうか、疑問ですね」

「あるいは、誘拐作戦のための支度金だったのかもしれないわ」

「穿《うが》った見方になりますが、その可能性は排除できない。となると、金を出したのは誰かということになりますが、小谷にも古谷の側にも、両方動機がある」

「そうね」

「もうちょっと調べてみますよ。お父さんに迷惑をかけることになるかもしれません
が、こっちへ帰って来るころには、角紅の人間を引っ張っているかもしれません」

「かまいません。やるべきことをやってくださいな」

隣りでヘッドセットをかぶる間島が「ひでぇ訛《なまり》だな……」とぼやいた。

「何なの？」

「フィリピン陸軍からです」

「私が出ましょう。事務所の機長を呼んでください」

麗子が通話に出る前に、事務所の無線機からステラが通訳として割って入った。

工事事務所にある地図は、米軍が作図したもので、飛鳥が小牧で受け取ったものよ
りはましだったが、それでも等高線がきちんと引かれているわけではなかった。

「ノース・ベース、ここから五〇キロ近く離れている」

「ルソン島北部では、NPA最大の基地だと、土地の人間に聞いたことがある」

サムが言った。

「すまないが、ステラさん。視程距離はどのくらいあるか聞いてくれ」

「五〇〇メートルぐらいは大丈夫だそうです」

大嘘だった。

「ディフェンダーも出すと伝えますか？」

「いや、俺たちが先発して様子を見てくるよ。シュペルピューマを呼ぶ時には先導させてくれ」

「東側二つの監視塔を潰《つぶ》してくれと言ってます」

「人質がどこにいるかをはっきり押さえておかないと、面倒なことになる」

「まだ、解らないそうです。監視塔を潰さないと近寄れないと言ってます」

「いきなり戦闘かよ……」

「なあに、あの一〇五ミリ砲をぶっ放せば、だれも反撃する気は起こさないさ。ゲリラと言ったって、ふだんは農民だ」

サムが言った。

「いつごろ、来られるかと聞いていますが？」

「三〇分後と言ってくれ。真北から侵入して、陣地の外側へ吹き飛ばすしかないだろうな」

「それがいいだろう」

「乗って行くかい？」

「他人の操縦はごめんだね」

「俺も同感だ。ミスター早見には残ってもらう。見張っててくれ」

「僕も行きますよ」

「せっかくだが断わる。一時間ジェット・コースターに乗ってしゃきっとしている自信があるなら別だが、《ブルドッグ》の中でゲロを吐かれるのはまっぴらだ。さて、ステラさん。《ブルドッグ》が一度砲火を開けば、地上は地獄になる。俺たちゃ、どちらかというとNPAに好意を持っている。少なくとも、個人的な恨《うら》みは何もない。金儲けのために環境を破壊するな、という彼らの主張にも賛同する。フィリピン人としての貴女に尋ねるが、われわれは正しいことをやっているんだろうね？」

「角紅は、環境破壊に充分気を付けています。NPAの主張は、焼き畑農業という別の環境破壊に徹して、石器時代の生活を送れというものです。こんなところで現金収入を得るのがどんなに大変か、少なくとも住民は知っています。角紅は歓迎されているんですよ。NPAは農作業をしている男たちを誘拐してゲリラに仕立てるんですよ。殲滅《せんめつ》すべきです」

「俺たちがやるのは救出だけだ。サム、人質が見つかったらレスキューを頼む。準備しておいてくれ」

「お安い御用で。ジャングルでの捜索と救難《サーチ&レスキュー》ならお手のものだ」

飛鳥が外へ出ると、もう《ブルドッグ》のエンジンが始動されていた。吹き流しは、地面に対して水平にはためいていた。吹き流しは、だいたい風速が五メートルを超えると水平にたなびく。一〇メートルを超えると小刻《こきざ》みに震える。今は一〇メートルを超えていた。

「飛べんのかよ……」

バイクに乗って《ブルドッグ》の後尾へジャンプする。

「万一墜落した後は暴風雨だ。みんなポンチョぐらい着ておけよ。日本人は、ここじゃ嫌われている。マニラまで歩いて、日本語の看板を掲《かか》げたどこかのマッサージ・パーラーに飛び込めば、女の子が助けてくれるだろうがね」

「雨は急速に体温を奪って疲労を促進する。低体温症にも注意するように。水を飲む時は必ず浄水剤を使用すること。ヘビ以外は、とりたてて獰猛《どうもう》な動物はいない」

柴崎医官が告げた。

「湿度が高い。銃手《ガナー》はメカの状態に注意しろ」

飛鳥はいつもそうするように、大声で命令を下しながらコクピットへと向かった。

「間島、ミリ波レーダーを使って地図を作ってくれ」

「了解」

「尚美は大丈夫か？　こいつは揺れるぞ」

「大丈夫よ。正太とジェット・コースターに乗るのが気晴らしなんだから。エンジン出力異常なし、エンジン温度異常なし」

「そいつは結構」

麗子が自動慣性航法装置《INS》に、目標をインプットしていた。

飛鳥は機長席に納まると、四点式のシートベルトを締めながら、操舵輪《ホイール》の中央に置かれたボード上の計算を読んだ。麗子が、必要離陸距離の計算式を出していた。

「二〇〇メートル以上も足らんのか……」

「雨は計算に入っていないのよ。それを加えれば四〇〇メートル以上は不足する。補助ロケットが欲しいところね」

「何とかなるさ」

「たぶんね。でも帰りは無理よ。ディフェンダーを積んだ上に、燃料を満載しなきゃならない」

「ふん、確かにな。アパリまでディフェンダーに飛んでもらうしかないな」

地上走行用《グラウンド・タクシー》ハンドルを回して、離陸位置に着ける。東尾が、滑走路の鉄板が尽きるぎりぎりの場所まで誘導してくれた。

滑走路が尽きた目の前に、高さ十数メートルのパーム・ツリーが数本あった。

「あいつは邪魔になるな」

「あれも自然の一部なのよ」

「風は右から。右へ機首を振って、そいつで揚力を稼ごう。ほんの僅かだが、向かい風《アゲインスト》になる。それで滑走距離も稼げるだろう」

コクピット・ガラスのワイパーがせわしなく動いていたが、エンジン音が高まるにつれ、その音も聞こえなくなった。

飛鳥はブレーキ・ペダルを両足で力一杯踏み込み、風の様子を見ながらパワー・レバーに乗せた右手をゆっくりと前方へ押しやった。フフッ……、と思い出し笑いが漏れた。

「どうしたの？」

「ジェット課程に進んで、練習機体としては最後のT―2に乗っていたころさ。やっぱりこんな天気でね――」

風がほんのしばらく収まった。機体が震えだしたところで、ブレーキ・ペダルを離した。

はたから見ていると、《ブルドッグ》は、まるで水上スキーに挑《いど》んだカバのような不格好《ぶかっこう》なスタイルで、水しぶきを上げながらノロノロと走り始めた。

「雲の中で着陸待機しているさなかに、民間航空《ドメスティック》のボーイング737が二度も着陸復行《ゴー・アラウンド》をやりやがってさ……」

スピードがなかなか上がらない。麗子はスピードを読み上げる。

「四個八機編隊で、半分はガス欠のランプが点《つ》いている」

パーム・ツリーがそこまで迫って来た。麗子が限界点速度《V1》をコールした時には、飛鳥はもう操舵輪《ホイール》を心もち抱き寄せていた。

「もちろん、俺もそのひとりだったけど」

「引き起こし速度《VR》！」

「離　陸《ローテイション》！」

鼻先が上がる。一瞬浮揚しかけた後、鉄板が尽きたところでドスンとタイヤが地面を叩いた。これ以上押しようがないのに、麗子は飛鳥の手の上からパワー・レバーを押し上げようとした。

「よし、行ける！」

飛鳥は風に機首を向けた。上空の強い風に捕まると、機体はさらに沈んで速度も落ちた。

「駄目だわ⁉」

「大丈夫、フル・スロットルだ。脚上げ《ギア・アップ》！」

尾翼が、ほんの一瞬、パーム・ツリーの葉に触れた。だが、四基のアリスン・エンジンは、力強い唸りを発して、機体をグイグイ、上空へと引っ張って行った。

「ハッハッ。どんなもんだい！　俺様のハーキュリーズは」

麗子は左手を離すと「ハア……」と大きな溜息を漏らして「それで？」と先を促《うなが》した。

「ま、ここが趣味で飛んでいるお嬢様パイロットと、〝戦争に天気はない〟をモットーに飛ぶ軍隊との腕の違いってところだな。滑走路は一本、進入コースももちろん一本しかない。民航さんは暢気《のんき》なもんだが、こっちは着陸復行する燃料なんざありゃしない。とっさに編隊長の判断で、誘導路に強行着陸する羽目になってさ。翌日の新聞が《自衛隊、規則違反の強行着陸》だもんな。編隊長のクビが飛ぶ騒ぎになったよ。よし、みんな、武器を出していいぞ！　間島、ミリ波レーダーのグラフィック映像をくれ」

「了解」

一〇〇〇フィートも上昇すると、そこはミルクをぶちまけたような雲の中だった。

「話にならんな。こんな視界じゃ」

ミリ波レーダーが読み取る地上の様子がモニターに現われた。赤外線映像ほど鮮明ではなかったが、何もないよりはマシだった。

「ま、こいつを頼りに行くところまで行ってみるか」

狭隘《きょうあい》な谷を見下ろす尾根の上に陣取ると、エルミタ少佐は双眼鏡を持って陣地の様子を窺《うかが》いに出た。

「この前、空軍が攻撃ヘリで襲撃したんすよ。そしたら反撃されて、一機は被弾、一機は墜落したそうです。それで、マニラの指導部はいったん制圧を諦《あきら》めたとかいう噂ですよ」

イロカンディア伍長は、佐伯が出したマールボロをうまそうに、フィルターの寸前まで吸った。

「飛行機を出して、爆撃すればどうなんだね？」

「フィリピン空軍の戦闘機で？　そりゃ無理ですよ。連中は、こんな地形の谷間を飛べるような技術は持っちゃいない。ＮＰＡも、そこいらへんのことを考えて、わざとこんな不便な場所に基地を作ったんでさぁ」

ブッシュの中で、空を見ることができなかったが、ひどい天気だということだけは、はっきりしていた。

「でも、中尉と少佐殿が話しているのをちょこっと盗み聞きしましたけど、空飛ぶ砲台《ガン・シップ》があれば、制圧に三〇分もかかりゃあしないって。どんな飛行機か知りませんけど、本当ですかね」

一〇分もすれば答えが出る話だった。

突然、銃撃音が聴《き》こえて来た。

「やべえ！　ありゃあ対空用の重機関銃ですぜ」

銃弾がヒューン！　という音を立てて風を切り、すぐそばで木の葉を切り裂《さ》いた。

佐伯は、伍長に押し倒されて、蛆虫《うじむし》やムカデが這《は》う、濡れた枯れ葉の上に伏せた。タガログ語で命令が飛び交《か》った。

「どうやら、ゲリラに見つかったようですぜ」

「一時、逃げたほうがいいんじゃないのかね!?」

「隊長に言ってくださいよ！　ガン・シップが来るまで、頑張れと言ってます」

頭上を銃弾が飛び交った。

「通信兵に、《ブルドッグ》に状況を伝えるよう言ってくれ！」

「了解」

伍長は腹這いになったままタバコを吹き出すと、タガログ語で二、三度怒鳴った。

三度目、ようやく通信兵から、了解したと返事があった。

「たいしたことはありませんよ。連中だって、そんなに弾があるわけじゃない。ほんの挨拶代《あいさつ》わりです」

だが、初めて戦闘を体験する日本人には、そう楽観的には思えなかった。

通信は早口のタガログ語だったため、事務所のステラを介して《ブルドッグ》に届いた。

ちょうどシェラマドレ山脈の山裾《やますそ》に乗ったところだった。四方を山に囲まれ、さすがに軽口を叩く余裕はなかった。

「始まったって?……」

「はい、可能な限りの援護を要請しています」

「とはいっても、この視界じゃな……。あとどのくらいだ?」

「尾根三つよ」

麗子は、中央のムービング・マップ・ディスプレイの画面を見ながら答えた。

「しゃあねえか。一〇五ミリ砲はいい。二〇ミリ・バルカンだけでなんとかやってみよう。ウォーム・アップしてくれ」

「銃手《ガナー》、了解!」

谷を巻く風のせいで、機体は上下左右へとひどく揺さぶられた。

「とんでもねぇ風だな」

「最大で三〇〇フィートも高度が落ちたわ。マイクロ・バーストに捕まったら一巻の終わりよ」

　積乱雲の周囲でよくできるマイクロ・バーストやダウン・バーストと呼ばれる下向きの突風は、あっという間に機体を叩き、瞬間的に高度を下げる要因になる。これまで、それが原因で墜落した民間機が山ほどいた。

「高度を取る」

　飛鳥はパワー・レバーを入れて、谷間から山の稜線の上へと機体を出した。

「精密攻撃は無理ね」

「この高度で砲を撃った日にゃあ、風で一〇メートル以上は着弾地点がズレる。悪くすりゃあ、親父さんはズタズタだ」

「そのことは考えないようにしましょう」

　ミリ波レーダーが、谷底にあるノース・ベースの景色を映し出した。両脇を絶壁に近い壁に囲まれ、天然の要塞となっていた。

「こんなところを空から攻撃するなんて無茶よ！」

「やってやれないことはない！」

《ブルドッグ》の全幅は四〇メートル。なのに、その谷底の幅は、一〇〇メートルあるとは思えなかった。

「五〇〇メートルの視程だって⁉　ひょっとして五〇〇フィートの聞き間違いだったかな」

　飛鳥は、ホイールを目いっぱい左へ回して、補助翼《エルロン》を動かした。機体は左へ傾いたが、外が真っ白なため、その感覚は微妙なものだった。

「水平儀《ホライズン》を見ていてくれ。俺が空間識失調《バーチゴ》に陥《おちい》ったら、勝手に操縦《コントロール》していい」

「了解。それにしてもひどい視界ね」

　飛鳥は、ミリ波レーダーが読む、機械的な映像だけを頼りに操縦した。

「間島、赤外線サーチ・ライトを使えば、前方赤外線監視装置《FLIR》が使えるようになるんじゃないのか？」

「目標までの高度を三〇〇フィート以下に落とせますか？」

「監視塔というからには、それなりの高さがあるんじゃないのか？」

「じゃあ、やってみます」

「電力供給はオーケーよ。問題ないわ」

　尚美が報告した。

　当てずっぽうの対空砲火が始まった。雲の隙間を縫って、曳光弾《えいこう》が左から右へと抜けていく。

　飛鳥は、ホイールの左手のボタンを押して、モニターの映像を切り替えた。巧妙にカムフラージュされた、対空機銃座や監視塔、椰子の葉で編んだ家、木の上のツリーハウスなどが十数軒。基地とすれば、かなり大きなものだ。火点が、パッパッと白く映る。そっちのほうは二〇を超えていた。

「これじゃ、軍隊が手を焼くはずだ！　間島、ビューマップを作ってくれ」

地上部隊はどこにいるのか、ほとんど反撃はなかった。

飛鳥は、いったん谷底を抜けると、右旋回に入った。

「向こうからこっちが見えていると思うか？」

「無理よ。雲が動いたのを見て撃つしかないでしょう」

「じゃあ、こっちはわりと安全なわけだ。二〇ミリ砲安全装置解除！　良心が痛むよなぁ、こういう攻撃は」

「ビューマップ、そっちへ送ります！」

ミリ波レーダーが捕捉した地上の状況をコンピュータが画像処理し、さらに色付けする。川や林、人間、人工構造物が、それぞれ浮き上がるように鳥瞰《ちょうかん》図技法で描き出される。

上空を通り過ぎただけでは解らない地上の様子が、手に取るように解った。

「監視塔と住居が密着しすぎている。こいつはきついぞ……」

「高度を下げるしかないわね」

「谷の構造から考えると、下はかなり早い気流の流れがありそうだ。フラップ10、速度を落として突っ込む」

飛鳥は、再び機体を左へ傾けると、さっきより一〇〇フィートは低い高度で突っ込んだ。《ブルドッグ》には、戦闘機と同じヘッド・アップ・ディスプレイ（ＨＵＤ）が、機長の左斜め前に付けてある。機長は、その透明アクリル・ボードに表示される、さまざまな情報を読み取りながら、目標への攻撃を行なうのだ。水平線はもとより、速度、加速度、高度などの飛行情報から、砲弾の残弾数まで表示される。一番重要な、攻撃目標との位置関係を示すターゲット情報が、中央に映し出された。

ホイール右手の引き金《トリガー》のカバーを外した。安全装置が外れて、攻撃態勢に入ったことを知らせるビープ音が短く二度鳴った。

中央の照準還《ターゲット・サークル》が動いて、自動的に目標を固定《ロックオン》する。あとはＨＵＤ上に図示される矢印方向に機体を操《あやつ》れば、加速度、速度、相対関係など、数十項目に上る偏位《バイアス》を、Ｆ―15『イーグル』戦闘機が積むものと同じ火器管制装置《ＦＣＳ》が瞬時にはじき出し、最適ポジションで砲火を開くのだった。

二門の二〇ミリ・バルカン砲火が、乱射を続ける監視塔へ向けて、ほんのコンマ数秒だけ発射された。畳二枚分もない広さの監視塔に降り注いだ数十発の銃弾は、痩せ細った兵士の身体をミンチにし、台座を木っ端《こっぱ》みじんに吹き飛ばした。

もう一基の砲台は、もっと簡単に済んだ。ゲリラたちはほうほうの体《てい》で逃げ出し、ただ台座を吹き飛ばすだけで済んだ。


地上で見ていたエルミタ少佐は、あまりに凄《すさ》まじい光景に息を飲んだ。

「これ一機あれば、ＮＰＡどころか、国じゅうの反政府組織を潰せる！」

《ブルドッグ》は、そのあとも威嚇《いかく》するように二度三度と降下して、空砲を撃った。エルミタ少佐は、散り散りになるゲリラたちに向かって、部隊を突撃させた。


飛鳥は、降下突入を繰り返すたびに、だんだん風の動きを摑めるようになった。フラップをさらに繰り出し、速度を落として、上空から監視と威嚇任務に当たった。それらしい人間を探したが、発見できなかった。たぶん、《ブルドッグ》の羽音が遠ざかった瞬間に、どこかの小屋から移動させられたのだろう。その場で射殺されるようなことさえなければ……。

「あの台座には、何人いたと思う？」

「三人ぐらいじゃない？　殺《や》らなきゃ、こっちが殺られていたのよ」

「そうだな」

地上では、正規部隊が突入し、小屋を一つ一つチェックすると、火を放ち始めた。

「地上はどうなってんだ……」

「呼んでみましょう。間島さん、地上の支店長を呼ぶから通信《ライン》を貸してくださいな」

佐伯支店長は、銃撃がひととおり収まったところで、ようやく谷底へ降りた。そこいらじゅうが燃えていた。

「作戦は大成功ですよ、ミスター」

エルミタ少佐はご満悦だった。

「大量の武器を捕獲しました。兵士たちは逃げたが、この天気じゃ行き先はない。いずれ帰って来て、進んで捕虜になるでしょう」

「人質は？」

「ああ、ここにはいなかったようですな。しかし、見つかるのは時間の問題ですよ。あの《ブルドッグ》に伝えてください。台風が来る前に、マニラ近郊の空軍基地に着陸してくれれば、嵐もしのげるし、必要な補給もできるからと」

少佐は、さも当然のことのように言った。

支店長は困惑しただけで済んだが、飛鳥は激高した。

「冗談じゃない……。何で自衛隊がゲリラの掃討を先導しなきゃならんのだ⁉」

「とにかく、ここにいないことははっきりしたんだから、いったん、サン・ビセンテに帰りましょう」

「そうだな。作戦を練《ね》り直そう。ったく……」

《ブルドッグ》が引き揚げると、代わりにホセ・イリガン将軍のヘリコプターが着陸した。カメラマンのお供を引き連れ、〝負傷した部下を励《はげ》ます将軍〟、〝敵の捕虜を尋問する将軍〟、〝捕獲した武器を手に取る将軍〟、〝次の作戦を練る将軍〟といったキャプションが付くであろう写真を撮らせて歩いた。

「そんなに凄いのか？」

「ええ。噂どおりか、あるいはそれ以上の性能でした。あれ一機あれば、国じゅうのゲリラを掃討してマラカニアン宮殿に乗り込めます」

エルミタ少佐は、ボロボロにされた監視塔の台座跡を指し示しながら答えた。

「あるいは、マラカニアン宮殿そのものも掃討できるかもしれんな……」

「はい、閣下」

「台風が過ぎ去るまでは、どのみち連中は帰れんのだろう？」

「解りませんね。支店長は、不安そうでしたから。人質に関する新しい餌を与えてやるか、あるいはもっと別な脅しをかける必要があります」

「ふん。サン・ビセンテにいるんだって？　私が直接挨拶に出向こう。なあに、同じ軍人同士とあれば、話し合いでケリが付くさ。共産主義は、万国共通の敵だからな」

「はい、まったくです。閣下。しかしながら、地上部隊も一部を回したほうがよろしいかと。《ブルドッグ》の、あくまでも護衛のために……」

「うむ。あくまでも護衛のためにな」

イリガン将軍は、好運にも、彼より数段頭の回転が早い部下を持っていた。将軍は、ますます荒れ狂う空を見上げて「脅しでなく、護衛のために……」と頷いた。

また、あの空飛ぶブリキの棺桶に乗らねばならないことを思うと憂鬱だった。

5章　サイト・ナイン

ホセ・イリガン将軍は、見知らぬ人間の中へ、ヘリコプターで護衛も付けずに乗り込んで行くような度胸は持ち合わせない人間だった。

常に彼は、いざという時、盾《たて》として使える生身《なまみ》の兵士を必要としたし、時間を稼げる装甲車を必要としたし、ステータスとしてのリムジンをこよなく愛した。

彼は、直接サン・ビセンテへ乗り込むべきだったが、そうしなかったことは、後にミスとなった。


飛鳥は、現場上空に三〇分と留《とど》まることなく、サン・ビセンテに舞い戻った。風は強くなっていたが、滑走路への風向きが変わったため、前よりは離着陸が楽になった。だが、それもいつまで保《も》つかは疑問であるところだった。

バイクをすっ飛ばして事務所へ飛び込むと、地図を広げた机へ直行した。

「話にならん！　連中はＮＰＡの基地を《ブルドッグ》に全部潰《つぶ》させるつもりだ。サム、君はＮＰＡの基地について何か情報を持っていないか？」

「まあ、うっかり真上を飛んで狙い撃ちされたくはないんでね、フィリピン軍の連中とは、たまに情報交換するよ。尋ねられなかったので言わなかったが、俺はノース・ベースの線はないと思っていたね。徒歩で移動したにしては、遠すぎるよ。俺はサイト・ナインだと思うね」

サムは、地図上のその場所に、ワイルドターキーのキャップを置いた。

「サン・ビセンテのここいらへんを襲撃に来る連中は、だいたいサイト・ナインのキャンプから出撃する。兵士は一〇〇人もいないが、とても統制のとれた、いい部隊だ。指揮官がいいんだろうな」

「飛んだことはあるかい？」

「真上はないが、掠《かす》めたことはある。表向きは、生活共同体組織で、周囲の山の斜面を開墾し、住民も、兵士よりは、難民中心で、母子家庭とか、そんな連中が多いという話だ。たいした陣地はない。アパリの飲み屋で仕入れた噂だがね。少なくともスペクターで焼き払うような場所じゃない。そういう作戦なら、俺はいっさい協力できない。この天気を考えると、人質がそこから移動したとは思えないな。イリガン将軍は、はなからノース・ベースに人質はいないことを知っていながらスペクターを借り出したのさ」

「作戦はあるかい？」

「まあ、丸腰とは言わんまでも、ある程度の覚悟を決めて乗り込むしかないだろうな。

頭上から、スペクターで脅しをかければいい。交渉能力しだいだろう」

「交渉なら、会社の人間である僕が行きます」

　早見が口を出した。

「断わる。君は信用できない。俺と医者、通訳としてステラさんがシュペルピューマで乗り込む。東尾はディフェンダーで護衛、《ブルドッグ》は麗子に預ける」

「無茶ですよ！　こんな天気で彼女に《ブルドッグ》を預けるのは。交渉なら、僕だってできます」

　東尾が言った。

「こいつは権威の問題だ。最高指揮官がわざわざ出向いたという、こちらの誠意を向こうに見せなきゃならん」

「もし、連中が隊長も人質にしたらどうするんですか？」

「その時は、キャンプを焼け野原にして、確実に俺たちを殺して《ブルドッグ》を脱出させる。政府命令は、人質の安否は問わないというものだ」

「俺は賛成だねぇ。そういうことなら、喜んでピューマを飛ばすよ」

「じゃあ、決まりだ。ステラさん。危険だが、来てくれるかい？」

　ステラは、早見に答えを求めた。その瞳は、行ってくれるものならと語っていた。

「……解りました。ご一緒します」

《ブルドッグ》に帰ると、麗子が目を剝《む》いて怒った。

「貴男って人は⁉　いつだって肝心《かんじん》な時に、《ブルドッグ》を放り出すのね！」

「必要な時にだ。攻撃する必要はない。適当に脅《おど》すだけでいい」

麗子は、身を乗り出してコクピットの外の風を読んだ。そして弱々しく首を振った。

「この風で離着陸するのは、悔《くや》しいけれど、私はまだ無理よ」

「じゃあ、アパリまで俺が操縦する。そこで俺はピューマに乗り換え、《ブルドッグ》はお前が操縦する。尚美が助けてくれるさ。ハーキュリーズに関しては生き字引みたいなもんだ」

「人を年寄りみたいに言わないでよね。それに、あたしの知識が通用するのは、地上にいる時だけなのよ」

「そこをなんとか頼むって。死んだ小石は潔《いさぎよ》かったぜ。なあ、間島？」

「生きた心地はしませんでしたがね。それに、あの時は夜とはいえ、風はなかった。山もなかった」

「ブツブツ言うな、大の男が……」

飛鳥はそこからサムを呼び出し、計画を伝えた。航続距離の短い『ディフェンダー』は、キャンプへの到着時間を見計らって、しばらくサン・ビセンテに待機することになった。

ステラと柴崎医官を乗せてサムが操縦する『シュペルピューマ』が離陸すると、飛鳥は一〇分ほど待った。

「なあ間島、さっきの戦闘シーンのビデオを撮《と》ったか?」

「ええ、撮ってますよ。離陸するまで待ってください。電気がもったいない」

離陸すると、飛鳥は自動操縦に入れて、一番大きいモニターを持つ間島の通信士官席《センサー・ステーション》の横に立った。

「見せてくれ」

「別に気になるところはなかったですけどね」

赤外線撮影特有の白っぽい映像が出ると、飛鳥は自分でスローモーション・ボタンを押した。二〇名余りの兵士が、空や尾根へ向けて整然と攻撃している様子が映っていた。

「おかしいじゃねぇか……」

「何がですか?　兵隊さんが、当然のお仕事をしているだけですよ」

「一人残らず、みんな野戦服を着ている。ポンチョを着ている兵士すらいる。フィリピン軍の攻撃は奇襲の予定だった。なのに、いかにも備えていたって感じじゃないか?」

「そりゃあ、人質誘拐をして数日ですからね。ある程度緊張があって当然じゃないですか?」

「だが、ひとりぐらい裸で鉄砲を持っている人間がいたっていいじゃないか。戦闘が始まって、一〇分も経っていないのに、この整然さはおかしいよ。どこかにスパイがいるとしか思えないな」

「地上部隊のほうにですか?」

「どうかな。NPAは最大規模の基地を手放さざるを得なくなった。ひょっとして《ブルドッグ》の威力を知らなかったってこともあるが……」

「今度の作戦ではっきりしますよ。現地軍抜きで進めるんだから」

「まあ、そうだな」

飛鳥は、アパリの滑走路に、離陸時間を短くするため、追い風で侵入した。《ブルドッグ》を滑走路端でUターンさせると、間島が覗いた角紅の通信ファイルのプリントアウト用紙を小さく折り畳んでポケットに仕舞い込んだ。

「じゃあ頼んだぜ、離陸に失敗したら、『ピューマ』で助けてやるよ。ま、生きてりゃの話だが……」

コクピットを麗子に預け、『シュペルピューマ』に乗り移った。空港にはまったく人影がなかった。

「先に離陸するかい?」サムが言った。

「いや、麗子にプレッシャーをかけたくはない。ここで見物しようぜ」

麗子は、機長席《レフトシート》に移ると、シートの位置を調節した。

「まったく、男っていざという時に頼りにならないから信用できないのよね……」

「でも、《ブルドッグ》の機長としては、亮以上に臨機応変に動ける人間は、自衛隊にはいないのも事実よ」

尚美は、機関パネルの情報を、右側にある副操縦士専用のモニターに呼び出せるようセットして席を移ると、離陸前チェック・リストを読み上げた。

麗子は、搭載燃料と重量、滑走路長、風向き、温度、湿度などをセンサーから読み取って、次々とインプットしていった。コンピュータが自動的に最適離陸ポジションを弾き出し、限界点速度《V1》、安全離陸速度《V2》、引き起こし速度《VR》をモニターに表示する。尚美は、V1速度を頭に入れ、VR速度を、速度計の窓の赤いカーソル・バーを動かしてセットした。そうすれば、たくさんの数字を覚えずに、速度計を見つめているだけですむ。

麗子は、離陸前、パワー・レバーを動かして感触を確かめた。

「フラップ位置よし、トリムよし、エンジン正常、油圧正常。行きましょうか？」

「オーケーね」

麗子が右手をしっかりパワー・レバーにフィットさせると、その上から尚美が左手を乗せた。両足を伸ばしてブレーキ・ペダルを踏み込む。

「パワーを離陸ポジションへ……。私たち女性の社会進出を快《こころよ》く思わない連中がこのコクピットを見たら、目を剝《む》くんでしょうね」

「いい教訓になるわ」

《ブルドッグ》が離陸する様子を、飛鳥はサムとともに、『シュペルピューマ』のコクピットから眺めていた。

「教科書どおりの離陸だ。百点をくれてもいいが、芸術点は上げられないな」

「無事に帰れたら、その講評を伝えておくよ」

《ブルドッグ》が先発して、サイト・ナインの正確なポイントを特定することになっていた。ヘリコプターは、さほど高い高度を飛べないので、雲中飛行になったが、サムはほとんど計器を見ることなく飛んだ。

「あんたは空間識失調《バーチゴ》の経験はないのかい？　ヘリでだって起こるだろう」

「心配はいらん。ヘリでバーチゴを起こして横転でもしようものならすぐ気付く。固定翼機のように、どんな姿勢でも飛べるというわけにはいかんからな。酒飲んで乗りゃあしょっちゅうさ。それに、このシュペルピューマは、いろんな警報システムが付いている。便利なもんさ」

「それがなけりゃあ、サムはとっくに死んでいるわ」

後部座席のステラが言った。

「あたしはサムの子守りみたいなものよ」

「いざという時は、俺の葬式を出してくれるんだよな?」

「ええ、村で一番の葬式を出してあげるわよ」

「その代わり、俺はステラのボディガードってわけさ。ステラに口笛でも吹いた奴は、俺のパンチを浴びる羽目になる」

「サムったら、本当にやるんですよ。もう作業員が二人も前歯を折ったんですから」

「となると、早見さんにも警告しておいたほうがいいかな」

ステラは、ポッと顔を赤らめた。

「私、日本人じゃありませんから、いいんです……」

「そんなことはないさ。今どきの日本の男は結婚難だから、チャンスはあると思うぜ。あいつは俺の好きなタイプじゃないが、サラリーマンとしちゃ、スーパーエリートの部類だ」

飛鳥は、喋りながらも、絶えず計器をチェックしていた。とりわけ水平線《ホライズン》を。じっとりと両手が汗ばんだ。

「厭《いや》なもんだろう。他人の操縦《けっ》する飛行機に乗るってのは?」

「ああ、まったく厭《や》だね。尻の穴が痒《かゆ》くなる」

「ここは、パイロットにとっちゃヘビーな場所だ。湿度が高くて浮揚率は最悪、塩気のせいで、整備の手間《てま》は倍になる。どんなトラブルが起こっても、ここじゃ日常的なことだ。だから、飛ぶほうはそれだけスリルがある」

「ひと月ならともかく、一年もいたいとは思わんな」

「俺は、臭《にお》いが好きでねぇ、このアジア特有のジャングルの臭いが……」

「サムは心の病《やま》いなのよ。それも重症の。しばらくアメリカへ帰って、ちゃんとした病院でゆっくり静養すればいいのに」

「俺から、酒と操縦桿を取り上げた日にゃあ、それこそ発狂する」

「同じ病原菌を持つ患者として、後半部分は同意するよ」

レーダーにポツンと、接近する『ディフェンダー』が映った。

「フィリピン空軍も、ディフェンダーを装備している。あまり驚かさんようにしたいな」

「なあ、ステラ。連中は交渉に応じるかな?……」

「NPAは、けっして無差別にテロを行なうわけじゃないけれど、私は好きになれません。マルコス時代ならともかく、今は政府と戦う前にやるべきことがあるんです。もし赤軍が一緒なら、そっちをまずなんとかすべきだわ。私、日本の過激派のほうが嫌いですから。連中のために、会社がどれだけ保安経費の出費を強《し》いられて来たか……。油断しないでください。連中はセキュリティ・ガードを地雷で吹き飛ばしたんですから」

「そうは言っても、NPAとセキュリティ・ガードっていうのは、水と油のような関係なんだろう」

「このあたりのセキュリティ・ガードは、もともと柄《がら》が悪いんです。警察や軍部の落ちこぼれ連中が、だいたいは地主に雇われて堂々と銃を持ってガードマンをやらされていますから、トラブルは始終です。自警団と言えば聞こえはいいですけれど、市民はけっして快《こころよ》く思っていません。賄賂は要求するし、すぐ銃を撃つし、怪しいと思えば、まず殺してから証拠をでっち上げる。このへんの村人は、NPAに誘拐されて兵士になるか、セキュリティ・ガードに殺されるかのどっちかだったんです。NPAのセキュリティ・ガード狩りを歓迎している住民もいるぐらいです。だからこそ、角紅の進出は歓迎されたんですよ」

『ディフェンダー』は、『シュペルピューマ』を見下ろす後方斜め上空に占位した。

レーダーの画面上で、《ブルドッグ》が旋回を始めた。真下に、キャンプがあるという合図だった。飛鳥は無線で間島を呼び出した。

「こちら飛鳥、視界はどのくらいありそうだ?」

「駄目ですね。ここですらゼロです。だいぶ揺れています。ミリ波レーダーで読んだ限りでは、ノース・ベースよりフラットな地形ですね。着陸地点になりそうな広場は何カ所かありますが、水田の可能性もあるので、注意してください」

「何か動いているか？」

「ちょっとこの高度じゃ解りませんねぇ……」

「了解、ウォーキー・トーキーが聴こえる範囲内にいてくれ。着陸後一時間経って、何らかの手段で連絡がなかったら、威嚇《いかく》偵察後、焼け野原にしてさっさと帰還しろ」

「了解」

「サム、降りてくれ」

『シュペルピューマ』が降下し始めると、『ディフェンダー』がぴたりと後尾に付いた。

『ピューマ』のレーダーでも、ある程度、地形を読み取ることができた。

「ひでぇな……。全然見えねぇや」

地面まで一五〇フィートを割って高度警報が鳴り始めたが、まるで地面は見えなかった。

「こいつはいかん……」

飛鳥は『ディフェンダー』を呼び出した。

「〝ハミング・バード〟、そっちは見えているか？」

「ええ、こっちのセンサーはそこそこ捉えています。クリアというわけにはいきませんが、たぶんピューマのレーダーよりはましですよ。先導しますか？」

「頼む、前へ出てくれ。サム、ディフェンダーが先導する。距離を保って続いてくれ」

「あいよ」

『ディフェンダー』は、『シュペルピューマ』の真上から降りて来ると、前方下に占位しながらゆっくりと降下し始めた。ほんの三分も経たずに、視界が突然開け、谷底に小さな村が出現した。兵士たちが、風が強い中を小屋から飛び出し、銃を乱射し始めた。

　数発が『ディフェンダー』のボディを掠《かす》め、火花が散った。

「降りますよ！」

　東尾は、視界が確保できたとたん、機体を急に捻《ひね》って攻撃を躱《かわ》しながら、村の外れに着陸地点を探した。子どもたちの遊び場になっているような感じの、草のない水溜まりだけの場所があった。

「こちら〝ハミング・バード〟。しばらく上空で待機します。先に着陸してください」

「了解。ステラ、頭を下げていろ。柴崎も」

　サムは、『ピューマ』に向かって来る兵士たちに向けて、荒っぽい操縦で着陸すると、エンジンを切った。

　ステラが拡声器で、「撃つな！」と絶叫した。タガログ語の、しかも女の叫び声の効果は覿面《てきめん》だった。

「付き合うかい？　サム」

「いや、俺は自分の機体を守るよ」

飛鳥は、右の腰にシグ・ザウエルＰ―220ピストルのホルスターを、左の腰にウォーキー・トーキーを下げた。柴崎は、左肩に衛生兵であることを示す赤十字の帯を巻いた。

「こんなもんで勘弁してもらえりゃいいですがね」

一〇人ばかり、兵士たちが銃をかまえて警戒する中へ、三人は降り立った。あっという間に、ヘリコプターを珍しがる子どもたちが寄って来た。

ステラが、タガログ語で、会社と日本政府を代表して交渉に来たと告げると、集団の背後から、指揮官らしい男が現われた。

「バードク大尉だ。銃は置いて来てくれないか？　兵士が緊張する」

「断わる。俺は指揮官だ。アスカ少佐。セルフ・ディフェンス・フォース」

「いいだろう。あの武装ヘリは何だ？　フィリピン空軍の奴じゃないか？」

「いや、あれも日本から持って来た。乗っているのは日本人だ」

飛鳥はウォーキー・トーキーで東尾を呼び出すと、ヘルメットのバイザーを上げて、日本人であることを見せるよう命じた。

東尾は、『ディフェンダー』を水田の上に降下させると、ヘルメットのバイザーを上げた。日焼けしていることを除けば、典型的な日本人である顔が覗いた。

「上でブンブン言っている飛行機は何だね？」

「われわれをフィリピンまで運んできた、ちょっと特殊な輸送機だ。あとでご挨拶《あいさつ》させるよ。それより、誘拐した人質の無事を確認させてくれないかな？」

「そうだな。交渉に応じるか否《いな》かはともかく、その程度のことはすべきだろうな。来てくれ」

バードク大尉は、話がつくと、タガログ語で兵士たちに、手荒な真似《まね》は慎《つつし》み、各自持ち場へ戻るよう命じた。もちろん、子どもたちは従う素振りをてんで見せなかったが。

集会所へ出向くと、もう人質たちはそこに顔を出していた。わりと自由な行動が保証されている様子だった。赤軍の藤岡もいた。

「金の用意はあるんだろうな？」

「金？　あいにく自衛隊は貧乏でね。赤軍から破門された、ただの強盗にくれてやるような金はない」

「ずいぶんと高飛車《たかびしゃ》だな。それじゃ交渉に応じる余地はない」

「まずは人質の診断からだ」

柴崎はジュラルミン製の診療バッグを開いて、聴診器を出した。

麗子の父親はすぐ解った。さすがに親子だ。顎の線の細いところがよく似《に》ていると思った。二人とも、それほど落ち込んでいる様子はなく、喜んでいる様子もなかった。どちらかというと、いきなりこんなところへ自衛隊が現われたことに驚いている様子だった。

「ステラさんじゃないか⁉　誰がこんな危険なところへ君を遣《よこ》したんだ？　マニラ支店長かね」

「志願したんです。社長は、私の恩人ですから」

「なんてことを……」

「そうか……。海外派遣じゃものたらず、ついに海外派兵に踏み切ったか」大使が呟《つぶや》いた。

「大使、私らは外務省の命令で、こんな台風のさなかにえっちらおっちらやって来たんです。少しは喜んでほしいですな」

「外務省だって？　ということは、君らが、あの噂に聞く領事作戦部のはみ出し者たちなのかね？　ほお……。だが、鳴海君は、この手の事件でいきなり軍事行動を考えるような男じゃないと思うがな……」

「もちろん、ご本人は断ったんですがね、政治的に動いた連中がいて、上からのプレッシャーで断りきれなかったんです」

「私の会社のことかね？」

「まあ、そんなところです」

　二人は、ときどき、ポリポリ身体を掻いた。

「足の指の股を見てくれんか？　昨日まで歩き詰めで、すっかり裂《さ》けてしまった。それに、ようやくまともな小屋にたどり着いたと思ったら、ノミの襲撃だ」

「軟膏《なんこう》を差し上げましょう。それにしても、この治療でも充分じゃないですか。これ以上のことは僕にもできませんね」

　白髪混じりの白人の女性が隣りの小屋から現われた。

「あれが、ドクター・バレンタインだ。なかなか物わかりのいい人だよ」

「バレンタイン博士⁉……。こんなところにいらっしゃったなんて……」

　驚いた柴崎は、右手を差し伸べてドクターに握手を求め、敬意を表した。

「お目にかかれて光栄です、ドクター。〝国境なき医師団〟における貴女のご活躍ぶりは、わが国でも広く知られております」

「そう……」

ドクターは、その誉《ほ》め言葉には無関心で、興味深げに柴崎の医療バッグを覗き見た。

「ああ、必要なものがあれば何なりと。破傷風の注射アンプル。ペニシリンなんかどうですか？」

「いただくわ。それより、消毒薬や下痢止めのような基本的な薬が枯渇《こかつ》しているのよ」

「ええ、そう思って、難民救済なんかで喜ばれる薬をひととおり持参しました」

柴崎は、そう言ってバッグの二重底を開けて見せた。

「まあ、凄いじゃない⁉　これいただいていいのかしら？」

「もちろんです。こういうことになると解っていれば、ヘリに積める分ぐらい大量に持参したんですが」

「いえいえ、これだけあれば、今年の夏は無事に過ごせるわ。バードク大尉、もめごとはともかく、この青年にお礼を言ってくださいな。NPAに医療物資をプレゼントしたなんてことが、お国の外務省に知れたら、きっと譴責《けんせき》されるわよ」

「外務省の人間なら、ここに一人いますよ。まあ、医療品ぐらいならいいでしょう」

前川大使は、さっそくシャツを脱いで痒《かゆ》み止めの軟膏を塗りながら言った。

「ドクター、すみませんが、外していただけませんか？　これは、われわれの交渉ごとです」

バードク大尉は、険《けわ》しい表情で言った。

「そう。邪魔はしないわ。ミスター、今朝がた遊んでいて足に五寸釘を突き刺した子どもがいるんだけど、ちょっと手伝ってくださらない？」

「ええ、お安いご用です。もっとも、先生の前じゃ、看護婦代わりにしかなりませんがね」

二人が消えると、バードク大尉は、当地の礼儀として、サトウキビで作ったラム酒を二人に饗《きょう》した。ステラは唇を付ける程度だったが、飛鳥はお代わりを注文した。上空の高いところでは、ずっと《ブルドッグ》のエンジン音が聴こえていた。

「さて、日本政府が提示する条件は何かね？」

「俺は、日本政府を代表しているわけじゃないし、彼女も会社を代表しているわけじゃない。日本政府から俺への命令はひとつだ。人質の生死は問わず。ただし、二度と人質誘拐が無意味であることを、赤軍崩れと、ＮＰＡへ意思表示して来いというものだ」

「あの、武装ヘリ一機でかね？」

飛鳥は、ウォーキー・トーキーを持つと、《ブルドッグ》に降下して正体を見せるよう命じた。

「〝フリー・ライダーズ〟、視程は四〇〇フィートあるかどうかだ。障害となるような監視塔はない。東南の風六ノット」

「了解！」

フラップを降ろしすぎるのは、風に煽《あお》られる心配があって考えものだと、麗子は思った。

「キャンプを上空通過《フライ・パス》します！　全砲門を出してください」

ホイールを心もち前へ倒しながら、パワー・レバーを絞っていく。

「間島さん、危なくなったら、教えてくださいね！」

「了解！　攻撃を受けたらどうします？」

「回避行動を取るだけ。反撃は不許可ですから、銃手《ガナー》の皆さんは確認願います。野際さんは絶対高度に注意を払ってください。高度が一五〇フィートを割ったら、かまわずホイールを引いてね」

「了解」

「機付き長。雲のせいで、レーザー高度計はかなり不正確ですから、注意してください」

「間島さん。あたし電子整備のライセンスもいちおう持っているんですから」

「こりゃ失礼」

「あんまり、機長には聞かせたくない状況ね」

「間もなく、雲の下に出ます！」

麗子は、地面が見える前に機体を引き起こした。目の前で、蜘蛛《くも》の子を散らすように人間が走り回っていた。


一瞬というには、長い瞬間だった。だが、その巨大な姿を捉え、視線で追うだけの時間は充分にあった。

《ブルドッグ》が飛び去った後の地面では、水溜まりが泡立って、激しく水が跳ねた。

「無茶な飛び方をする！」

歩巳社長が苦々《にがにが》しく言った。

「そういえば、確かお嬢様はパイロットでもいらっしゃいましたね？」

飛鳥が知らん顔で尋ねた。

「ああ、困った趣味の持ち主でな、うちの娘ならやりかねんような飛び方だ。まあ、飛行機は趣味のうちが花だな」

父親は、当の娘が機長席にいることを知るよしもなかった。ステラは笑いを堪《こら》えねばならなかった。

飛鳥は《ブルドッグ》が再び雲の中へと上昇して爆音が遠ざかると、ポカンと口を開けて呆気《あっけ》に取られているバードク大尉に向けて、淡々と説明した。

「史上最強のガン・シップだ。ディフェンダーとはボリュームが違う。六銃身の二〇ミリ・バルカン砲を二門装備、戦車が積むのと同じ一〇五ミリ・ハウザー曲射砲は、一〇〇〇〇メートル離れた空中から、この小屋を跡形なく吹き飛ばせる。空飛ぶ砲台だ。人質を返してもらえないというのであれば、あれが、俺たちも一緒に、このキャンプを焼け野原にして帰る」

「はったりだ！……」

藤岡が吐き捨てた。

「そいつはどうかな。少なくとも、俺たちは、角紅の謀略に協力する気はない。バードク大尉、この男は、日本赤軍とはもう何の関係もない、マネジメントT&I社に雇われた、角紅側のエージェントだよ」

「何だって⁉」

歩巳が、すっとんきょうな声を上げた。

「ミスター・フジオカは、角紅に雇われたんですよ。貴方がたをNPAに誘拐させるための情報提供者として。歩巳社長、ブビヤン・プロジェクトが擱座《かくざ》しているのをご存じですか？」

「まさか⁉　私は順調だと聞いているぞ」

飛鳥は、プリントアウト用紙を見せた。

「英語でないのが申しわけないが……」

歩巳は老眼鏡を出してそれを読み始めた。

「ミスター・フジオカが興味ありそうなやりとりもあるぜ」

「書式は確かにうちの社のものだが、これは本物なのかね？」

「右上に打ってあるパスワード・ナンバーに、記憶はありませんか？」

「私のものだ……。私しか知らないものだぞ」

「パスワードは、お嬢さんと相談して決めたんじゃありませんか？」

「そうだった……。しかし、これは、小谷君が仕組んだことなのか？」

「それは解りません。ライバルの、古谷さんでしたか、その可能性もある。藤岡さんよ、ここにある、成功報酬支払いうんぬんってのは、あんたのことだな。依頼人は成功報酬を支払うつもりはなかったようだぜ」

「はったりだ！」再び、藤岡が叫んだ。

「まあ、あんたはここしばらく、金回りがだいぶよかったようだから、当面は必要ないかもしれんが……」

「信じられん……。私たちは、わざわざ誘拐されるために、こんなところまで来たということか」

ステラがいちいちタガログ語で通訳した。バードク大尉は興味を示した。

「アスカ少佐、これはどういう意味なんだ?」

「聞くことはない。こいつらのはったりだ、大尉」

「君の話は、少佐の話を聞いてからにする」

大尉は藤岡をピシャリと制した。

飛鳥は、ノース・ベースを襲撃した話を脚色なく正直に語って聞かせた。

「つまり、こういうことさ。会社はNPAのゲリラに手を焼いていた。イリガン将軍もね。そこで、要人の誘拐事件が起こるとする。日本政府は、テロリストとは交渉しない方針を発表したばかりだ。しかも、犯人グループに日本赤軍がいるとなれば、あまりフィリピン政府に強い態度で臨《のぞ》むわけにもいかない。誰かが、自前の人質救出部隊を出せと言い出したら、反対する理由は少ない。しかも、その救出部隊が、恐ろしく強力な武器を持っていたらどうなる? NPAの掃討だってできる。

さっきの攻撃機を、表向き人質救出として、そのじつ、NPAの掃討のために出撃させるのが、この二人を誘拐させる真の目的だったのさ」

バードク大尉は、ピストルを抜いて藤岡に向けた。

「そうなのか? ミスター」

「冗談はよせ。俺は歳こそ取ったが、革命家だぞ!」

「朝からノース・ベースと連絡が取れない。君に関しては、警戒するよう上から注意された」

ステラが、タガログ語でバードクに何かを叫ぶと、藤岡もステラに向かってタガログ語で怒鳴《どな》り返した。だが、最後までは聞き取れなかった。言い終わる前に、バードク大尉が引き金を引いていた。胸に二、三発喰らい、藤岡は苦悶の呻《うめ》き声を漏らしながら、小屋の外へとくずおれた。

銃声に驚いたドクターが飛び出して来た。

ステラとバードクが、激しい調子で、言い合った。

「何を言っているんだ？　ステラ」

「いえ……、その、これはこっちの問題であって、君たちには関係ない、と言ってます」

「確かにな」

大尉はピストルをホルスターに戻すと、ドクターに「手遅れだ」と告げ、兵士たちに、死体を運び出して埋めるよう命じた。

「失礼した……。私の判断では決定できないことだが、もしここで、交渉の一時留保を提案すればどうなる？」

「われわれが、ここで攻撃を躊躇《ためら》っても、たぶん同じことになるだろう。台風が治まるまで、どこかに避難しなきゃならないが、避難先を提供してくれるのは、イリガン将軍だ。上空が晴れたら、ピストルを持った将軍の部下がコクピットに乗り込んで来て、NPAの基地を一つずつ潰していくことになるだろう」

「あの男ならやりかねんな」

大使が言った。

「どうするね？　将軍に、NPA掃討の勲章を与えて、マラカニアン宮殿に送り込むかい？」

「それでは、まるで脅迫じゃないか⁉」

「飛鳥さん、私に話をさせてください。必ず二人を解放させます」ステラが割って入った。

「ああ、頼む」

ステラは、早口のタガログ語で、しかし小さな声でバードク大尉に話しかけた。不機嫌に首を振り続けた大尉は、二、三分後、ようやく一度だけ頷いた。

「何だって？」

「前川大使は釈放するが、角紅のボスは駄目だと言っています」

「話にならんと言ってやれ」

それからさらに、五分ほど話し合いが続いた。

「保証が欲しいと言っています。このキャンプはもちろん、これ以上NPAを攻撃しないという」

「大尉、人質を返してもらえれば、われわれは、風が強まらないうちにさっさと離陸する。保証も何もない」

「君たちが、フィリピン政府の要請で、NPA掃討の目的を持って、再び帰って来ないという保証はないじゃないか？」

「それはないな。俺は一私企業のために人殺しの片棒を担《かつ》ぐのはまっぴらだ」

「では、私をヘリに乗せろ。君たちが飛び立つまで、一緒にいる。その後、もし舞い戻って来るようなことがあったら、われわれは再度サン・ビセンテを襲撃し、もちろん、この角紅の手先にもその代償を払ってもらう」

「それでいいのか？　ステラ」

「私はサムがいてくれれば大丈夫よ」

「台風が過ぎたら、最初の便で彼女を日本へ脱出させる」

歩巳が、バードク大尉に解らないよう日本語で言った。

「とにかく、ここから脱出するのが第一だ」

「いいでしょう。オーケーだ、大尉。君一人では、あとの連中が不安だろうから、もう二人ぐらい乗せよう。われわれの誠意だ」

「では……、そうだな。不審を招かないよう、女性兵士と、少年兵を連れて行きたい」

歩巳と前川は、トランクの中身を改めて、パスポートや手帳類だけ抜き取り、あとはトランクの外枠から下着に至るまで、キャンプにプレゼントすることにした。ドクターの手術が終わるまでに、バードク大尉は、同行の二人を選抜し、野戦服から普通の作業服に着替えた。

サムは、子どもの相手でてんやわんやになりながら、言った。

「そうかい。俺を後ろから撃たないっていうんなら、あとでここまで送ってやるぜ」

「頼むよ。長居は無用だ。離陸しよう」

全員を乗せると、『シュペルピューマ』は、素早く雲の中へと舞い上がった。


サン・ビセンテに降下すると、《ブルドッグ》がすでに着陸していた。

「風が戻って来た。これからは強くなる一方だぞ」

「ああ、急ぐよ」

『ディフェンダー』が続いて着陸する。

「東尾、急いで羽根を畳め」

「こちら〝ハミング・バード〟。辰巳が軍用トラックの集団を見たような気がすると言っています」

「何だって⁉　近いのか？」

「ええ。どうも羽根を畳んで《ブルドッグ》に燃料補給している暇はなさそうですよ」

「すまんがちょっと見て来てくれ。面倒なことになりそうだな」

飛鳥は状況をサムに説明して、しばらくエンジンを切るのを待つよう伝えた。

『ディフェンダー』が離陸して行ったので、《ブルドッグ》の間島がコールして来た。

「こちら〝フリー・ライダーズ〟、どうかしたんですか⁉　あと一、二時間で、離陸どころじゃなくなりますよ」

「こっちへ向かっているトラックがある。エンジンはかけておけ。対人レーダーで何か探ってみろ」

「駄目です。この風では使えません。風が強すぎて、対人用のドップラー・レーダーは、揺れる木の葉にすら反応します。急がせてください！」

「とは言ってもな……」

「いったん、事務所へ引き揚げるか？　向こうのほうが立てこもるには便利だぞ」サムが提案した。

「どうやって逃げんだい？」

「お前さんらは逃げればすむが、俺たちはそういはいかん。戦って撃退するよ」

「むちゃなことを……」

だが、サムはエンジンを切った。

　東尾は、地表すれすれに飛ぶナップ《N》・オブ《O》・ジ・アース《E》、匍匐《ほふく》飛行で『ディフェンダー』を前進させた。それは、視認性を下げるという効果もさることながら、地表で音を遮断する効果もあった。

　延々と草原が続いた。

「道路までどのくらいある？」

「二キロぐらいですかね」

　辰巳は、モニターを覆うフードにピタリと顔を伏せたまま答えた。

「ジープ一台とリムジンを発見……。やべえ……。道路上で戦闘が始まってますよ」

「何だって⁉」

「雲の中へ上昇してください。向こうからは見えないが、こっちからはよく見えるようになります」

　東尾は、反対方向へ上昇すると、雲の中で向きを変え、《ブルドッグ》へまず一報を入れた。

　飛鳥は、事務所へ飛び込んで要塞造りを始めたところだった。

　ウォーキー・トーキーで間島を呼び出した。

「どのくらい離れているんだ？」

「ここから三〇キロぐらいだそうです……。ちょっと待ってください……。NPAと、正規軍の交戦だそうです。どうもNPAの待ち伏せ《アン・ブッシュ》のようだと」

「どうなってんだい……」

「コーパイが帰って来てくれと言っています。離陸したいと」

「待てと伝えろ」

「さっき、イリガン将軍が、表敬訪問にこちらへ来ると無線がありました。護衛部隊を連れて」

ひとり居残った早見が言った。

「何てこったい……」

「内政不干渉だ。ヘリコプターを引き返させろ。面倒なことになるぞ」

前川大使が言った。

「ご心配なく。パイロットはその程度のことは承知していますよ。サム！　ここは一時待避だ。イリガン将軍と顔を合わせれば厄介《やっかい》なことになるぞ」

「じゃあ、君らだけ帰ればいい。NPAの三人は引き受けるよ。どこかに隠しておいて台風が鎮《しず》まったら送り届ける」

「助けてくれ、少佐」

バードク大尉が飛鳥の袖を摑んだ。

「何だって⁉」

「私の仲間を助けてくれ！」

「冗談はよせ！」

「冗談なものか。フィリピンを変えるために、軍部に支援された政権は倒さなきゃならない！」

「止めろ！　大尉。君が話している相手は、難民救済委員会や、熱帯雨林保護委員会のボランティアじゃない。角紅であり日本大使だぞ」

「君たちは内政問題だと言うが、そうじゃない！　角紅がネグロス島でやっているエビ事業を説明してやろう。マングローブ林を潰して養殖場を造って、砂糖産業の従事者を転換させている。だがその土地は、大地主のもので、儲けは角紅と地主に還元される仕組みになっている」

「そんなことはない！」

歩巳が抗議した。

「黙って聞け！　エビの養殖に転換された土地は、土地開放政策の除外規定を受けられるから、地主は大喜びだ。砂糖事業ほど人手を必要としないから、地主は助かるが、失業が増える。養殖のせいで、マングローブ林が消えた上に、海岸の富栄養化が進んで海が死んでいく。エビなんか、労働者は誰も食べられやしない。角紅と地主の懐《ふところ》を肥《こ》やすためだけに、日本の税金で失業が増え、フィリピンの自然が消えていくんだぞ！　それでも君は、これがフィリピンの内政問題だと断言できるか⁉」

「俺は命令で来たんだ！　大使に聞いてみろよ」

「ネグロス島の難民問題は、ＮＰＡと正規軍の内戦が原因だ。エビの養殖事業には改善しなきゃならん部分があることは確かだが、全体としてはうまくいっている。いっさいの自然破壊なしに住民を豊かにしろというのは無理な相談だ。そんなことはマルクスが描いた紙の上の教義《ドグマ》でしかできはせんよ」

前川大使は、冷静に反論した。

「イリガン将軍が勝ってもいいのか⁉　奴が勝ち誇ってマニラへ入城しても君らはかまわんのか？」

「だから、それが内政問題だと言っている！　ＮＰＡだろうが、セキュリティ・ガードだろうが、フィリピン国民が判断すべき問題だ」

「自分の都合ばかりだな、君らは……。企業は、さんざんフィリピンの内政問題に介入しておきながら、政府は、知らん顔をする。それが日本のやり方なのか？」

飛鳥はうんざりした顔で、ウォーキー・トーキーを取った。

「〝フリー・ライダーズ〟、〝ハミング・バード〟を呼び出し、双方の間に催涙ガス弾をぶち込めと伝えろ」

「やめろ、機長。他国の騒動に口を出す権利はわれわれにはないんだぞ」

「外務省が推進する、積極的な国連軍の平和維持活動《PKO》と思えばいいじゃないですか」

『ディフェンダー』は雲の中にいた。東尾は、頭の中で素早く風向きと風力を計算した。

「東南へ回り込んで、ＮＰＡ側に打ち込めば、ガスは双方へまんべんなく行き渡る。雲の下に出る必要はないな？」

「ええ。ただそれだと俯角《ふかく》がきつくなりますよ」

辰巳はフードに顔を付けたまま答えた。

「まあ、何とかなるさ」

東尾は雲の中で『ディフェンダー』を旋回させると、戦場の東南方向へ回り込んだ。

辰巳は、中央計器類の一番上にある多重機能表示装置のディスプレイに、攻撃データを表示させ、キーボードを叩いて攻撃情報をインプットした。

東尾は、目標地点でホバリングに入った。

「実戦が、こんなふうに、対空ミサイルを持たない連中に対して、雲の中から攻撃できるっていうんなら、戦争も楽だよな」

「対戦車ミサイルでなく、いつも催涙ガス・ロケット弾なら、なおさらね」

「安全装置解除、ターゲッティング・システム、正常に作動。二発撃って、まず状況を観察しよう」

「了解」

機体に俯角を与えると、『ディフェンダー』は前方へと雲の中を走り始めた。

ディスプレイの表示に従って、辰巳が命令を下す。

「スタンバイ、スタンバイ……、NOW《ナウ》！」

「NOW」のコールと同時に、東尾が操縦桿の引き金を引くと、両翼のランチャーから、二発のロケット弾が、地上へ向けて飛び出した。それは、散開して交戦しているNPA部隊の手前二〇メートルほどの水田に命中すると、もうもうとした白煙を吹き出した。その煙は、ほとんど上空に昇ることなく、風に煽《あお》られてあっという間に地上に拡散した。

「横方向への広がりが悪いな……」

地上では、兵士たちが、ロケット弾が飛んで来た方向へ乱射を始めていた。残念ながら、ライフルの弾《たま》が届く距離ではなかった。

「右へ二〇〇メートル移動願います」

移動が終わると、ただちに残りの二発を発射し、そのまま監視任務に戻った。

NPAと正規軍の戦闘は、終わりはしなかったが、その場で膠着《こうちゃく》状態に陥《おちい》った。

だが、訓練で催涙ガスを浴びた経験のある東尾は、あの下で、滝のような鼻水と涙を流しながらじっとしていることが、どれほど苦痛で、戦意を喪失させるものかを知っていた。

6章　スパイ

東京は快晴だった。湿度は七〇パーセント台を行ったり来たりで、人々はいつものように満員電車に乗って会社へ通い、いつものように右から左へ書類や経費や、情報をやり取りする作業に没頭していた。

警視庁の弓月警部は、経済事犯を担当する捜査二課を当たり、出入国管理情報を扱う外事二課を当たり、赤軍を担当する公安一課を回ってから飯倉公館内の領事作戦部に向かった。

マネジメントT&I社日本支社の麻生理事もすでに顔を出していた。

「申しわけないねぇ。病《や》み上がりのところを」

弓月の体調を気遣《づか》う鳴海が言った。

「いいんですよ。家にいたって、女房から粗大ゴミ扱いされるだけですし、娘にも心配かけますから」

「調べは付いたのかね？」

「ええ、だいたいは。外事の連中が、成田の出入国管理カードを洗ってくれました。麻生さんでいらっしゃいましたね？……」

弓月の態度は、取調べの時のそれに変わっていた。

「弓月と申します。まずは、私が貴方を取り調べることになりますが、最後は公安の連中に身分を預けることになるでしょうから、そのつもりでいてください」

「何の話だね？」

麻生は、不審と不快感を露《あらわ》にした。

「貴方は、二カ月前から頻繁《ひんぱん》にマニラを訪問されてますね？」

「……」

麻生の表情がさっと変わった。しばらくして、ようやく口を開いた。

「フィリピンの情勢はご覧のとおりで、私は外務官僚出身の理事として、現地の情勢を把握して、国内の顧客に報告する義務があった。いったい、私が何を疑われているんだね⁉」

「ということは、事前に何らかの情報があったということですか？」

「日本赤軍が大使を襲うなんて都合のいい情報が入っていれば、こんな騒ぎにはならんよ」

「そうですか……」

弓月は、間島が探し当てた通信ファイルのコピーを出して見せた。

「これは、角紅がフィリピン支店との間に交《か》わしたメール文書のコピーです。貴方は、現地がどういう状況かよくご存じだったし、この最初の襲撃事件が起きて、マスコミや大使館に事件を秘密にするよう命じたのも貴方なら、いち早く政界に手を回して《ブルドッグ》を出すよう外務次官に迫ったのも貴方だ」

麻生は、そのコピーをさっと斜め読みした。

「私の名前は、一行とて出てこないじゃないか⁉」

「そんな子どもじみた弁解を……」

「ほう、事務次官に圧力をかけたのもあんただったのかね」

鳴海は剣呑《けんのん》な口調で言った。

「日本の外交利益のためですよ」

「日本赤軍の誘拐事件を援助して、身代金を払ってやることがかね？　マネジメントT&I社は、テロの演出も手がけるのかね？」

「フィリピンの状況を改善するために、NPAの掃討に必要な戦力を提供することのどこが悪いんだね？　政府開発援助《ODA》の一つだと思えばいい。赤軍崩れなんてのは些末《さまつ》な問題だ！」

「台風のさなかに、自衛官を危険な任務に就《つ》かせることの是非《ぜひ》は、けっして些末な問題ではないし、かつて大日本帝国が破壊と殺戮《さつりく》を繰り広げた地域に、武装した兵士を武力行使を目的に派遣することは、もっと大問題だ」

「いつまでも、そんな綺麗《きれい》ごとを言っているから外務省は、お嬢様官庁だって言われるんだよ」

弓月が内線電話をかけると、私服の刑事が入って来た。

「不愉快だ。そういう弁解は、警視庁の取調室でしたまえ」

「麻生さん。われわれ捜査課はともかく、過激派相手の公安部の連中は、監獄内人権とかにはまったく無頓着《むとんちゃく》ですから、覚悟してくださいよ」

「ブビヤン・プロジェクトが頓挫したら、外務省だって責任を問われるんだぞ」

「忠告をありがとう。私は、君とはちがう解決方法を取るよ」

捨て台詞《ぜりふ》を残す麻生に、そう答えてはみたが、鳴海の頭の中は空っぽだった。

飛鳥が、サイト・ナインへ出かけたはずの時間から、通信を絶《た》ったままだったからだ。


とはいえ、現地の状況は通信どころではなかった。《ブルドッグ》のセンサーは、時速一〇〇キロで滑走路へ突入して来る二台の車を捉《とら》えていた。

事務所の中では、罵声《ばせい》が飛び交《か》っていた。何が起こっているか知った、NPAの若い女性兵士が前川大使に抱き付いて泣きわめき、少年兵は今にも飛鳥に飛びかからんばかりの形相《ぎょうそう》で睨《にら》んでいた。

「サム！　君を残して逃げるわけにはいかん」

「俺は必要な時には戦えるし、今日までそうして来た。ステラを連れて勝手に行ってくれ」

「サムを残しては行けないわ。それに、この連中はどうするのよ？」

「俺が面倒見るさ」

「そんな……、怪我《けが》人の面倒を見るみたいに気軽に言わないでよね」

疾走する車のエンジン音が聴《き》こえて来た。サムは一二・七ミリの重機関銃を手に取った。

飛鳥のウォーキー・トーキーが鳴った。

「こちら〝フリー・ライダーズ〟、国軍が支援を求めるせっぱ詰まった無線を遺《よこ》しています。何て答えりゃいいんですか？」

「風が強くて離陸できないと言ってやれ。〝健闘を祈る！〟と付け加えるのを忘れるな！　近付いて来る車は何だ？」

「武装ジープとリムジンのようです」

「ええい……、選《よ》りに選ってイリガン将軍だけ脱出したのか。ステラ、連中をロッカーの中に隠れさせろ」

サムは、かまわずドアを開けて外へ出た。飛鳥が後を追い、腰に銃をかまえるサムの前に立って、リムジンを迎えた。

先導するジープには四人の兵士が乗っていた。サムの額にピタリと機銃の照準が合わせられ、M―16A1ライフルは、飛鳥へ向けられた。ステラが事務所から飛び出して来てタガログ語で何かを叫んだが、兵士たちは、銃口を下げようとはしなかった。泥をかぶって真っ黒になったリムジンの助手席のドアが開いた。フロント・ガラスに二つ、ドアにも数カ所、銃痕があった。

戦闘服姿の中年の男がタガログ語で命じると、ようやく兵士たちは銃を降ろした。

「ミスター、銃を降ろしてくれ。私はマネジメントT&I社マニラ支局のトーマス・サルムント中佐だ。イリガン将軍に同行して来た」

「サム、銃を降ろせ！」

飛鳥は、重機関銃の銃口を摑んで、強引に銃を降ろさせた。

リムジンの後部ドアが開いて、腹の出た将軍が帽子を押さえながら車を降りた。

「なぜ、あの攻撃機を飛ばさんのだ⁉　私の部隊はNPAと交戦中なんだぞ！」

「申しわけありません、閣下《サー》。風が強すぎて、なんとか着陸はしましたが、離陸はできない状況です」

こういうゲス野郎を、英語とはいえ、閣下《サー》呼ばわりするのは何とも胸の悪いことだった。

前川大使が顔を出し、笑顔で大げさな握手を求めた。

「これはイリガン将軍、ご無事でなによりです！　このたびは、われわれのために困難な作戦を敢行してくださり、誠に感謝の念に堪えません」

「大使？……。いったいどうなっておるんだ⁉」

「もちろん、将軍閣下の精鋭部隊の攻撃に恐れをなしたNPAが、釈放に応じたのです。われわれは、ヘリコプターで、ついさっき到着したばかりです」

将軍はサルムント中佐に、タガログ語で何かを話しかけた。人質の解放を喜ぶ様子ではなく、明らかに納得できない表情をしていた。

「とにかく、この事務所の防備を固めるのが先です、将軍」

中佐は、ジープの兵士たちに対して、滑走路への入り口付近に飛鳥が空のドラム缶で築いた陣地《トーチカ》に籠もるよう命じた。

「この風の中で立ち話も何だ。事務所へ入ってよろしいですかな？　大使閣下」

「もちろんだ、中佐。将軍を招待できるような場所ではないんだが、失礼があったら、お許しいただきたい」

二人のお伴《とも》の兵士を連れて事務所へと入った。角紅社長の慇懃《いんぎん》無礼《ぶれい》な挨拶が終わると、前川とイリガン将軍は、ソファに座って向き合った。

「ええと、ステラさんでしたっけ、コーヒーか何かあったら将軍に差し上げていただきたいが……」

「ステラ、サムの〝ワイルドターキー〟を出せ。ストレートでだ」

　飛鳥が小声で言った。こうなったら酔わせて丸め込むしかない。

「まあしかし、お二人がご無事で助かったのは、何よりの幸いでした。日本のテロリストのために、私の部隊は、大きな犠牲を払ったが……」

「負傷した兵士や、戦死した兵士のご遺族には、心よりお悔やみを申し上げます。この不幸な事件を通じて、両国関係がさらに密接になることを願うしだいです」

「うん。だが、率直なところ、日本赤軍の登場には、困惑しておりますぞ、大使閣下。われわれは、革命の輸出を歓迎できる状況にはないのです」

「ごもっともなことで、日本政府を代表し、遺憾《いかん》の意を表するものです」

　外交辞令的な挨拶が続くさなか、サルムント中佐は、部屋を歩き回って安全をチェックしていた。裏口が塞《ふさ》がれているのをチェックし、そこから出た者がいないことを確認し、床《ゆか》の足跡をそれとなく確かめた。濡れたサンダル跡の中に、子どものものがあった。

　中佐は五つほど並んだロッカーの脇に立つと、突然腰のホルスターからピストルを抜き、ロッカーを蹴りながらタガログ語で怒鳴った。

「よし！　ＮＰＡのブタども、出て来い！」

お従《つ》きの兵士が素早く反応し、M―16A1ライフルをかまえた。

「少佐、この中にいる連中が、君の友だちでないというのであれば、ドア越しに始末することになるが、文句はないだろうね？」

「俺の知ったことじゃない。こういう込み入ったことは、外務省の領分ですよ」

飛鳥は、前川大使に回答を求めた。

「その……、いろいろ事情があってね。われわれの出国を見届けるというのが、彼らの交換条件だったのだ、中佐。だから――」

「その前に、中の連中に出て来るよう言ってくれませんか？　大使閣下、これでは落ち着いて話もできない」

バードク大尉は、自分で扉を開けると、女性兵士と少年兵に出るよう命じた。銃を持っていたが、戦う意志はなさそうだった。

「これは、誰かと思えばバードク大尉じゃないか？」

「バードク、バードクだって⁉……」

イリガン将軍は、ソファから身体を浮かすと、一瞬腰を引いたが、すぐ立ち直った。

「この若造は、解っているだけでも、私の部隊の兵士を一〇人以上殺している」

「アパリの露天商たちから、場所代《ショバ》を脅《おど》し取っていた連中だ。たかりに応じない年老いた未亡人を射殺した」

「二人の大地主と、その息子、三人の殺害容疑で指名手配されている。手柄《てがら》になりましたな、将軍」

「うん、そうだな」

「ちょっと待っていただけませんか、将軍。われわれは、彼らを無事に帰すと約束しました」

「帰すって、どこへだね？」

「ですから、ＮＰＡのキャンプにです」

「大使、冗談は止《や》めてもらいたい。この男はテロリストですよ。それも、問答無用に貴方がたを誘拐した」

「しかし、約束は約束です。もし彼らをフィリピン政府の手に委《ゆだ》ねるということになると、日本政府と角紅は、ＮＰＡの全面的な報復を招くことになります」

「それはしかし……」

サルムント中佐は、困惑して考えがまとまらない将軍を部屋の隅に誘い、タガログ語で話し合った。

「話が違うじゃないか？　こんな連中をいくら捕らえてみても、また誰かがポストを穴埋めするだけだぞ。ＮＰＡの部隊を丸ごと叩いて殲滅《せんめつ》するのが、今回の目的だ」

「でも、これは貴方の点数になります」

「私の？　いやいや、君の点数になるだけだよ。私には、何の利益もない。この連中に目を瞑《つぶ》ることで、予定どおりＮＰＡの掃討に、あの攻撃機を参加させることはできんだろうか？」

「彼らは、黙って帰ることを約束したんです。それは無理でしょう」

「ではどうする？」

「ここはフィリピンです。貴方はこの地域における軍事、警察の最高指揮権限者です。全員を逮捕すればいいでしょう」

「バカを言うな。角紅の社長や、外交官特権を持つ人間をどうやって逮捕するというんだ？」

「まず角紅ですが、どのみち連中は、この事業から撤退するわけにはいかない。社長のクビをすげ替えればすむ。大使に関して言うなら、非合法組織であるＮＰＡと直接交渉した時点で、彼は外交官特権を失っていると考えるべきです」

「だが、逮捕したあとはどうする？」

「攻撃機の乗組員たちに、手数料分の仕事をしてもらえばいい。大使と社長は、それが終わるまでの人質ですよ」

「連中が言うように、もしＮＰＡがブビヤン・プロジェクトに反撃を仕掛けるようなことになったらどうする？」

「それは無用の心配です。攻撃も何も、あの空飛ぶ砲台がNPAを殲滅すれば、この地域で貴方に刃向かう者はいなくなる」

「そうか……。もちろん、そうだよな」

イリガン将軍の貧しいオツムでもすべてを理解し、満足した。

「申しわけないが、大使。貴方がたには、しばらくここに留《とど》まってもらう。私の勢力下に、だ。貴方は困ったことをしてくれた。非合法のNPAと勝手に交渉して、ご自分の身分を危険にも晒《さら》している。マニラの司法当局と話し合わねばならない」

「そんな……」

これだから外務省の役人はいざという時、役に立たない……。飛鳥は、サムに視線で合図を送った。サムは、まだ右手に重機関銃を抱えたままだった。

飛鳥が、腰のホルスターに右手を回そうとした刹那《せつな》、ステラが背後から肘《ひじ》を摑んだ。

「止めてください、飛鳥さん……。面倒なことになります」

「どういうつもりだ……」

「将軍は実力者なんですよ。ここがフィリピンだということを忘れないでください」

「中佐、戦闘はどうなったかな?」

「もう片づいたころでしょう」

中佐は、タガログ語で、みんなを見張るよう兵士に命じると、無線機の周波数をいじって部隊を呼び出した。

「敵は退却しつつあるようです。それほどの大部隊ではなかったようですな。味方の一個小隊がこちらへ向かっております」

「ふむ。風が強まる前に、アパリに帰りたいものだな。大使らも、そのほうがよろしいでしょう。ここでは満足のいく待遇は望めない」

中佐は侮《あなど》れない人物だと、飛鳥は思った。《ブルドッグ》は飛べるかと聞いて来たので、「副操縦士が機内にいるが、彼の腕では、この風の中で離陸するのは無理だ」と説明した。中佐がそれを信じたかどうかは解らなかったが、パイロットが男だという嘘は受け入れた。

麗子は、センサー・ステーションでヘッドセットを投げ捨てた。

「何で出ないのよ⁉」

「飛鳥さんのウォーキー・トーキーのパワー・スイッチが切られているようです。無駄ですよ」

『ディフェンダー』が兵士を満載して向かって来るトラックの一団を、雲の上から見つけていた。

「ええと……。誰が指揮官になるんでしたっけ？」

「柴崎一尉がいませんから、野際准尉が先任指揮官になります」

「それを言うなら、上級国家公務員の歩巳さんのほうが偉いんじゃないの？」

すでに自分の席に帰った尚美が言った。

「東京に判断を仰《あお》ぐというのはどうですか？」

「事態を説明するだけで五分は失うわよ。しょうがないわね。エンジンを止めましょうか？」

「外側二基だけ止めましょう。そうすれば、燃料も節約できるし、センサーとクーラーは使えるわ」

「お願い」

尚美はパワー・レバーの外側の二本を絞り、さらにスイッチを落とした。

「ディフェンダーをどこかに着陸させなきゃ。ここいらへんの地図を出してちょうだい。どこか、機体を隠せて、行き来ができる場所がいいわ」

間島は離着陸時に撮ったビデオ映像をモニターに出した。

「この真北にある林はどうですか？」

「駄目よ。間に沼地があって行き来するわけにはいかないわ。この滑走路の林はどう？五〇〇メートルと離れていないし、ちょっとした丘になっているから、エンジン音も隠せるわ」

「これジャングルですよ。降りる場所なんか――」

「東尾さんを呼び出して」


『ディフェンダー』は、燃料を稼《かせ》ぐため、滑走路からちょっと離れた雲の中を水平飛行中だった。ヘリコプターは、停止飛行状態《ホバリング》に入ると大量に燃料を喰《く》った。

「そろそろ体力と精神力の限界じゃないですか？」

辰巳は自分のセンサーから目を離し、飛行計器をじっと睨んでいた。

「そう思う。この計器は正常だろうな……」

空間識失調《バーチゴ》に陥《おちい》ると、まず計器が信用できなくなる。

「たぶん、正常だとは思いますよ」

「こちら〝フリー・ライダーズ〟、〝ハミング・バード〟、応答せよ」

「こちら〝ハミング・バード〟」

「ボスとの連絡が取れないわ。滑走路の北西方向の丘の林に降りて、待機してくださいな」

「林？……。あれはジャングルですよ⁉」

「チェーンソーを積んでいるんでしょう？　もし国軍とのトラブルになったら、ディフェンダーは隠し玉として取って置きたいのよ。それに、いざとなったら、貴方たちだけでも逃げられるわ」

「やれやれ。せっかく人質を助け出したのに」

「とにかく、お願い」

「了解」

辰巳は、「まあ、バーチゴで墜落するよりはましだな……」と呟きながらベルトを外し、後部座席の足元に置いたチェーンソーを取った。

「北東から進入すれば、道路際からは見えない」

「こんなところで森林資源を伐採するのは気が進まんなぁ……」

「僕はそれより風が心配ですよ。リペリングなんかで降りられるかどうか」

なるべく木を切らずに済むよう、隙間の多いところを探して高度を下げた。辰巳がドアを開けて下を覗き込むと、台風の風とローターの爆音のせいで、梢《こずえ》の先端が四、五メートルの幅で波打っていた。こんな枝に叩かれたらひとたまりもない。降下して着陸地点《ランディング・ゾーン》を切り開くとひとくちに言うが、言うと実行するとでは大違いだった。一一ミリ径のロープを地面に投げ、懸垂器を装着する。チェーンソーは背中に背負っていた。爆音で会話ができないので、合図はすべて手話だった。外へ出て、スキッドに足をかけた。

辰巳は、整備学校の教官の台詞《せりふ》を思い出した。

「機体整備は地味な仕事だが、少なくとも君たちは、安全だ」

こんな難儀な任務があるなんて誰も教えちゃくれなかった。雨が頬を叩いた。右手で懸垂器のブレーキを握り締めると、左手の親指を下へ向けて「降下！」と合図を送った。

機体を離れると、真っ先に下の枝の揺れを読み、タイミングを計った。ロープそのものが強風に揺れていた。一〇メートルほど降りたところで、ロープの揺れと梢の揺れが逆になり、まともにぶつかった。したたか背中を打たれて呻《うめ》き声が漏れた。懸垂器を持つのが精一杯だった。あやうく気を失いかけたところで、地面に足が着いた。そのまま腹這《ば》いに倒れた。起き上がるような力はなかった。

「大丈夫か⁉」

東尾の声がヘルメットのヘッドセットから漏れた。

「し……、知ってますか？　東尾さん。俺パイロットじゃないから、飛行手当も危険手当も付かないんですよ……」

「お前の四コマ・マンガのオチを作ってるんじゃないんだ。上で待っているぞ！」

『ディフェンダー』は、ドアを開けてロープを引きずったまま上昇して行った。

あたりに、風と梢のざわめきだけが残ると、辰巳はのろのろと立ち上がった。まず、背中がひどく痛んだ。チェーンソーのエンジンを入れ、狙いを定めた木に近寄る。

倒す方向を決めねばならなかった。

何の木か解らないが、幹周《みきまわ》りが五〇センチほどの二本の木をそれぞれ反対方向に倒すと、下枝を切って、半径八メートルほどの空間を切り開いた。スキッドが接地するあたりは、下生《したば》えを念入りに刈った。作業は五分ちょっとだった。

「こちら辰巳、降下していいですよ」

「了解、降りる」

『ディフェンダー』が降りて来るまで、風向き方向の木をもう一本倒した。風に揺れる枝がローターに触れる恐れがあったからだ。

東尾は、着陸すると《ブルドッグ》に連絡を取り、すぐにエンジンを切った。

辰巳は後部座席に駆け込むと、ずぶ濡れの飛行服を脱いで下着一枚になった。着替えが座席に置いてあったが、どうせまた濡れることが解っていたので、今すぐ着るつもりはなかった。

「燃料はどのくらい残ってます？」

「ここで燃料補給がなくても、どうにかアパリの空港までは辿《たど》り着ける」

「飛べるような風だったらの話でしょ？」

「そういうことだ」

高さ十数メートルの木々のおかげで、地表付近はわりと静かだった。

操縦桿から手が離れると、東尾はがっくりと首をうなだれてため息を漏らした。

「どうしたもんかな……」

「《ブルドッグ》と作戦を練るしかないでしょう？」

「どうやって連絡を取る？　秘話装置《スクランブラー》付きで話せば、フィリピン側には、会話は解らないが、スクランブルがかかっているということだけで、俺たちの存在を教えてやることになる」

「ウォーキー・トーキーなら大丈夫ですよ。遠くには聴こえないし、固有の周波数ですから、モニターされるチャンスも少ない。しかも、これもスクランブラー付きです」

「そうだな。やってみるか……」

だが、《ブルドッグ》の周辺はそれどころじゃなかった。

　トラックから兵士たちが降りると、形勢は一気に決まったようなものだった。バードク大尉らＮＰＡの兵士が、後ろ手に縄をかけられて、真っ先に引き立てられた。続いて、前川大使と歩巳社長が、リムジンに引き立てられた。

　麗子は、せっかく助け出した父親が銃口を向けられて車に乗り込むシーンを、なす術《すべ》もなく見送った。

「間抜けな機長め……。張り倒してやるわ！」

続いて、飛鳥が出て来た。

「サルムント中佐、取引しませんか？」

「ほう、どんな？」

「この風のなかでは、どのみち離陸できない。まあ、台風といっても、何とかここでしのげるでしょうが。だが、機体の整備維持には人手が必要だし、私は乗組員の安全と生命に責任を負っている。あの、攻撃機のコクピットの上を見てください。ちょっと平たいコブがあるでしょう？」

サルムント中佐は、首を回して《ブルドッグ》の機首部分を見遣《や》った。

「ありがとう中佐。これで貴方の顔写真が、間違いなくトウキョウへ届いた」

「何だって⁉」

「あれは、衛星通信ドームの屋根で、ほら、レンズの小窓もコクピットの下にあるでしょう？　ここで起こったことは、逐一《ちくいち》トウキョウに報告されている。ライブでね」

「だから何だと言うんだ⁉」

「つまり、貴方がマニラへ帰ると、マズイ事態が待っているということですよ。一度釈放された人質を再び虜囚《りょしゅう》にした」

「それはどうかな？　確かに日本政府は圧力をかけるだろうが、日本大使がフィリピンの法律を犯《おか》したという事実は動きようがない」

「しかし、フィリピンに流れる日本の政府開発援助《ODA》を統括しているのは、外務省ですよ。そのことを忘れてほしくないですな」

「何が望みだ？」

「どのみち台風が過ぎ去るまでは動けないんです。もし日本政府が、NPAの掃討に《ブルドッグ》を参加させるという決定を下《くだ》すのであれば、われわれは軍人として政府の決定に従いましょう。貴方は、それまで、この滑走路上における日本政府の主権を認める。角紅の敷地であるこの滑走路内におけるわれわれの行動の自由を保証する。食料も提供する。それだけです」

「ずいぶんと欲深いんだな……」

「いえいえ、交渉ですよ。元日本赤軍のフジオカは、NPAによって処刑されました。貴方がたと、フジオカが接触していた事実をトウキョウは知ってますよ。誘拐が角紅とマネジメントT&I社による自作自演劇だったことも解っている。嘘だと思うのなら、トウキョウのマネジメントT&I支社に電話を入れてみなさい。今ごろ家宅捜索のさなかだ」

さすがに、そのはったりには中佐も顔色を変えた。

「まあ、どのみちマラカニアン宮殿がことの重大さを認識すれば、イリガン将軍の権威も色褪《あ》せる。人質の即時解放を求めないだけでも、私は遠慮しているんですがね。何しろ、こんなプレハブ建ての事務所で台風をやり過ごすよりは、将軍のコテージのほうが、あの偉いさんらにとっても居心地《いごこち》がいいでしょうからね」

「ふん……。ただのパイロットかと思っていたら、なかなかの外交官じゃないか。それは考慮すべきテーマだろうな。では、こうしよう。NPAの襲撃に備えるため、一個分隊だけ残しておく。この敷地内における、君たちの行動の自由は保証する。食料の補給も許可しよう。攻撃機には、誰も近寄らせない。それでいいかな?」

「結構でしょう」

中佐は、一個分隊十二名を選抜すると、細々《こまごま》とした命令を与え、トラック一台を残して去って行った。残されたトラックは、滑走路の中央に置かれ、キーは中佐が持ち去った。

兵士たちは、六名ずつで配置に就《つ》いた。三名ずつが、滑走路の両端のドラム缶で作られたトーチカに籠《こ》もった。トタン板で急場しのぎの屋根を作ったが、風が強いせいでしょっちゅう飛ばされた。

残りの六名は、事務所で休憩と、残った連中の監視に当たった。中佐はわざと英語ができない連中を選んだので、彼らとの意思疎通《そつう》はひと苦労だった。《ブルドッグ》のエンジンはまだ回っていた。飛鳥は、『シュペルピューマ』を、風避《よ》けになる事務所の裏側に移動させようとサムに提案した。ステラがその意思を兵士に伝えると、興味なげに「行って来い」と許可された。好んで外に出たいと思うような天気ではなかった。

ポンチョを着て外に出ると、風にポンチョの裾《すそ》がめくれ上がった。『シュペルピューマ』のローターが、バウンドするように揺れていた。

飛鳥とサムの二人は、まず広々とした後部キャビンに飛び込むと、ポンチョを脱いでから、コクピットに移った。

「じつは燃料をチェックしたかったんだ」

「アパリまで二往復はできるよ」

「うん。いざとなれば、どこかでディフェンダーと落ち合って燃料を移し替えることもできる」

「ああ」

エンジン・スターターに伸びたサムの手を、飛鳥が「ちょっと待ってくれ」と遮《さえぎ》った。

「サム、ひとつ聞きたいことがあるんだが、君はどっちの味方なんだね？　国軍、それともＮＰＡ？」

「俺はステラの味方だよ」

サムは冗談めかして言った。

「じゃあ、君もＮＰＡなのか？」

「おいおい、ステラを疑うことはないだろう」

「いや、サン・ビセンテの現地支局にはＮＰＡのスパイがいる。それは間違いない。今朝ここへ来た時、さしたる必要もないのに、工事事務所まで飛んだわけは、向こうの状況を調べたかったからさ。事務所は、内鍵《うちかぎ》付きで、ふだんは労働者にも閉ざされていた。そこにＮＰＡの脅迫状が置かれていた話は、どうも合点《がてん》がいかない。それに、ノース・ベースへの最初の攻撃は、ＮＰＡに完全に読まれていた。しかも、連中の抵抗たるや、ほとんどなかった。そのころには、ＮＰＡの主力は基地を捨てる覚悟で脱出していたと思われる。誰かが警告したとしか思えない。俺たちが、ここを基地に出撃しているからこそ、ＮＰＡは、襲撃を計画した。途中現われたイリガン将軍に連中のターゲットは変わったがね。それに、サイト・ナインでも妙なことがあった。俺が、赤軍テロリストの藤岡がじつはマネジメントＴ＆Ｉ社や角紅と結びついていることを暴露《ばくろ》したら、突然、バードク大尉とステラがタガログ語で口論を始めた。そして大尉がその藤岡をズドンだ。藤岡が、ステラがＮＰＡのスパイであることを反撃として口走るのを防ぐために、口を封じたのさ」

「そこまで解ってて、なぜステラを生かしておくんだ？」

「ひとつは、角紅は、ステラがスパイであるとは露《つゆ》とも知らぬふりで、ＮＰＡの計略にわざとはまって見せたことだ。俺たちをここへ派遣するよう工作したのは、角紅であってステラじゃない。それに、俺は、ステラのような人間を憎めない性格《たち》でね」

「だろう？……。あの娘は本当にいい子だよ。不運な運命にもめげなかった。フィリピンのことを心から案じている。あの早見っていう青年がいけなかったんだよ。くわしくは知らんが、奴は一度はステラと結婚を約束したらしい」

「まあ、動機なんてそんなところだろうな」

「ああ、彼女はＮＰＡの人間じゃない。彼に心配してほしかっただけなのさ」

「あるいは復讐したかった……」

「そこまでは解らんな。で、あんたはどうしたいんだね？」

「それも解らんな。考えることが多すぎてそこまで頭が回らんよ。ただ、俺は仲間を危険に晒《さら》すようなことだけは避けたいと思っている。もう二度とＮＰＡの襲撃を受けたくはない。あんたのほうが実戦経験が豊富だ。どうすればいいと思う？」

「躊躇《ためら》わずに戦うさ。とりわけ、バードク大尉は必ず連れ戻す。戦場での約束を反故《ほご》にすると、一生魘《うな》される羽目になるぞ。たとえそれが、敵との約束であってもな」

「じゃあ、作戦を教えなよ」

「あいにく、今の俺はただの飲んだくれだ。だがバードク大尉を助けるという条件なら、どんな危険な任務でも引き受けるぞ」

「解った。そのことを頭に入れて作戦を練るよ」

「台風が去ったあとでは駄目だぞ。そのころには、ＮＰＡの三人の兵士は生皮を剝《は》がれたあとだ」

「ああ、解っている。今日中に片付けるつもりだ」

『シュペルピューマ』を、事務所の陰に降ろすと、飛鳥はポンチョを羽織《はお》って、滑走路のど真ん中を《ブルドッグ》まで歩いた。ひどい風で、頬を叩く雨が痛かった。

7章　奪還

飛鳥はコクピットを濡《ぬ》らしたくなかったので、後部のランプ・ドアを開けてもらって後ろから入った。腰に手を当てて、不機嫌な顔をした麗子が待っていた。

「飲んだくれの亭主を玄関で迎える古女房みたいな面《つら》だぜ……」

「通信連絡はなし、せっかく助け出した人質はまたも連れ去られる。機体は風で離陸できない。いったどうしてくれるのよ⁉」

「俺も聞きたいねぇ。どうすりゃいいんだろう？」

「まったく……」

飛鳥は、機長席には座らず、センサー・ステーションの補助椅子にかけた。

「尚美、すまないがコーヒーをくれ。食い物は何かないかな？」

「非常食の〝カロリーメイト〟でよかったら」

「ああ、それでいいよ。お前、正太には今度のことは何て説明して来たんだ？　いつ帰れると？」

「別に、出張とだけ。いいのよ、あの子は慣れているから。朝は自分で起きて、パンを焼いて出て行くわよ」

「機長！……」

麗子が非難がましい視線で睨んだ。

「ああ、解っているさ。そんな話をしている場合じゃないってんだろ。間島、東京は状況を知っているのか？」

「ええ、さっき知らせましたよ。鳴海さんは目を丸くしてました。さっそくフィリピン大使を呼んで正式に抗議すると」

「さてと、風は強くなる一方。台風の動きはどうなんだ？」

「コースが微妙なところです。外れる可能性はまったくありませんが、向きを変えることで、こちらの被害も違って来るでしょう。今は時速二〇キロに満たない速度で、最大瞬間風速も三〇メートルあるかどうかです。まだ成長過程ですから、安心できる材料は何もありません」

「機付き長、台風が過ぎ去る明日か明後日まで、ここに機体を置いたままで大丈夫だと思うかい？」

「海岸のすぐ近くで、よしんば風には耐えたとしても、腐蝕は意外と急速に進むものよ。でも、まあ大丈夫でしょう。前任の小石さんは、几帳面《きちょうめん》な人だったから整備状態は非常にいいわ」

「捕まったＮＰＡを助けなきゃならない」

「NPA？　何の話よ⁉」

「キャンプで約束したんだ。無事に人質を収容したら、ここまで従《つ》いて来た連中をキャンプに送り帰すと」

「そんなこと……。じゃああたしの父はどうなるのよ⁉」

「それは心配いらないさ。二人がイリガン将軍の保護観察下にあることは、もう東京は知っている。居場所が知れた人間を葬《ほうむ》るほどイリガンはバカじゃあるまい。それに、奴に従《つ》いて来たマネジメントT＆I社の中佐は、なかなか鋭い人間だったよ。将軍がバカでも、彼がきちんと計算して、正しい答えを出すさ。だから、二人のことはこの際問題じゃない」

「勝手なことを……」

「ディフェンダーはどこにいる？」

「丘の向こうに着陸しました。ウォーキー・トーキーで話せますよ。でも、東京と先に話したほうがよくはないですか」

「フライト・プランだけでも作らせておきたい。命令があれば、すぐ離陸できるようにな。呼び出してくれ」

　飛鳥は、タオルで髪の毛を拭《ふ》きながら、東尾が無線に出るのを待った。

「こちら〝ハミング・バード〟」

「そっちには武器はあるかい？」

「機銃だけですが、ありますよ。ただ、積んだ弾薬は限られてますから、《ブルドッグ》みたいにバカスカブッ放《ぱな》すわけにはいきません」

「燃料はどうだ？」

「アパリまでは何とか飛べます」

「人質が、今度はイリガン将軍に連れ去られた。たぶん連中はアパリに向かっているはずだ。先回りして空港で燃料を補給し、上空から、連中が辿《たど》り着いた先を確認してくれないか？」

「了解です。一〇分後、離陸します」

「頼む。よし、次は東京だ」


衛星通信のモニターに現われた瞬間、鳴海は受話器を置いたところだった。誰へともなく「駄目だ……」と呟《つぶや》くのが映った。

「どうも、お待たせしました。最初はうまくいったんですがね……」

飛鳥は何くわぬ顔で言った。

「私も佐竹さんも、現場には介入しない主義だ。君たちはうまくやったよ。外務次官にことのしだいを伝えたし、欧亜《おうあ》局長はただちにフィリピン大使を呼ぶ。マニラにおいても、マラカニアン宮殿と接触を取るよう訓令を出した。二人の当面の安全は保障されるだろう。そちらは動けないのかね？」

「当分は駄目ですね。この風では滑走中に横倒《だお》しになるのがオチです」

「となると、台風が過ぎ去るまで、そちらで頑張ってもらうしかなさそうだな。二人のことは、外交的に処理できるだろう。むろん君らが、他国の内戦に首を突っ込む必要はない。警視庁が間もなく、マネジメントT＆I社を家宅捜索する」

「了解です。われわれはゆっくりここで一夜を過ごしますよ」

「うん。ご苦労だった。歩巳君、お父さんは必ず助け出す。心配はいらんよ」

「はい……」

麗子は飛鳥の背後で、小さく頷いた。

回線が閉じると、「何でＮＰＡのことを黙っていたのよ？」と麗子が詰め寄った。

「何て説明すんだよ。兵士同士の約束だから、たとえ国益に背《そむ》くことでも、部下を危険に晒《さら》すと解っていても、やらなきゃならないこともあると説明すんのかよ、外務省の役人さんに向かって。鳴海さんは物わかりのいい人だが、それでもこんなことに首を縦に振りはせんよ」

「貴男ひとりの勝手な判断で、チームを危険に晒すのは無責任だと言っているのよ！」

「なんだ、そういうことか。じゃあ簡単だ。多数決で決めようや」

飛鳥は機内のスピーカーを入れた。

「みんな聞いてくれ。俺は、ＮＰＡのキャンプのリーダーと、人質の解放に関して約束をした。俺たちが、これ以上ＮＰＡを攻撃せずに帰国することを見届けるのが、条件だった。俺は、フィリピン政府から指名手配されているリーダーの安全のために、女性兵士と少年兵の同行を許可した。俺たちが飛び立った後、シュペルピューマでキャンプに送り届ける約束だった。ところが結果はご覧のとおりで、いろいろと思わぬ事態が起こって、結果的にせよ、連中をイリガン将軍に奪われる羽目になった。彼らには、裁判なんかありゃしない。文字どおりのリンチが待っているだけだ。女性兵士は、想像どおりの扱いを受ける羽目になるだろうし、少年兵は、たとえ助かってもろくでもない思想を吹き込まれて、ろくでもない人生を歩む羽目になるだろう。正直言って、俺は寝覚めが悪いような気がする。

新たに人質になったＮＰＡと、もちろん大使と歩巳の親父さんも一緒に、武力解放する。反対の者は言ってくれ。多数決だ」

「もし、何もしないってことになったら、どうするんですか？」

後ろから声が上がった。

「台風が過ぎ去り、外務省がマニラ政府を説得するなり屈服させるなりして、なおマニラ政府がイリガン将軍を屈服させるなり説得するまで待つことになる。もしそれが不首尾《ふしゅび》に終われば、俺たちはイリガン将軍の指揮下で、NPA狩りに精を出すことになる」

「明日の夕方までに帰れるほうに賛成します。明日、保奈美ちゃんの連ドラあるもんですから。それまでには帰らせてくださいよ」

〝録画予約ぐらいしとけよ！〟誰かが呟いた。

「俺も賛成。俺は財布は右。心は左っていうくちですから。喜んでNPAを助けますよ」

〝じゃあ、何でおめえは自衛隊にいるんだ？〟

「俺は反対。俺は鉄砲をぶっ放《ぱな》すために自衛隊に入りましたけど、殺生《せっしょう》には反対です。こんな蒸《む》し暑いさなかに、戦争もないですぜ……」

二〇ミリ機関砲銃手の須藤《すどう》が言った。

〝引き金引く時《とき》ゃ、目の色が変わるくせして、なんだ、その殊勝《しゅしょう》な態度は？〟

「歩巳さんに一票！」

〝話が違うだろうに……〟

「角紅にはまんまとはめられるし、外務省は信用できない……」

小声の主の合田《ごうだ》士長が言った。

「ここいらで連中にひと泡吹かせてやりましょうや。《ブルドッグ》はおもちゃじゃないってところを教えてやりましょうよ」

「こういう一見まっとうなことを言う奴が一番危ないんだぜ……。間島はどっちだ？」

「そうですねぇ……」

間島は胃のあたりをさすった。彼は神経性胃潰瘍《かいよう》の持ち主だった。

「この天気じゃ、僕のセンサーは、六割がた機能するかどうか、怪しいところです。それさえ、承知していただけるんなら、俺は機長に従いますよ」

「尚美は？」

「私は、こういう無茶に付き合いたくなかったから貴男と結婚しなかったのよ」

言葉とは反対に、その顔は笑っていた。

「おいおい、《ブルドッグ》の機付き長を志願しておきながら、それはないだろう？」

「ええ、母親として、あの女の子と少年は放っておけないわ。できるものなら、助けてあげましょう」

結局は、これが生死を分かち合う連中のチーム・ワークというものだ。麗子はそう思った。

「お前さんに一票入れるっていう奴らがいるから、事務所にいる柴崎と、『ディフェンダー』の二人が反対票を投じれば、六対六で五分の評決になる。どうする？」

「ここにいない三人が三人とも反対票を投じるわけがないでしょう。いいわよ。それで作戦は？」

「ない。腹ごしらえしてから考える」

〝まったく、これだからこの男は……〟麗子は心中で呟いた。

「ああ、そうだな。アパリまでぎりちょんかもしれん」

「この雨だと水分を吸い込んで燃料を喰いますよ」

東尾は歯ぎしりと貧乏ゆすりを始めた。雨が激しく機体を叩いていた。

「大丈夫ですか？」

「何が？」

「その癖《くせ》が出るのは久しぶりじゃないですか」

「そうだな……」

東尾は膝を叩いて貧乏ゆすりを止《や》めた。

「増加タンクは両方とも空《から》なんだろう？」

「ええ」

「外して、後ろに積もう。ロケット弾のランチャーも」

「作業に時間を喰いますよ」

「そのぶん速く飛べる」

辰巳はドアを開けようとした刹那《せつな》、身体を捻って呻いた。

「大丈夫かよ？」

「肋骨の具合がね……、背骨も痛いですよ。整備学校じゃ、整備士が、リペリング降下しなきゃならないなんて、ひとことも教えてくれなかったですよ。車椅子の生活を強《し》いられたら、どうしましょうね。俺、六〇過ぎるまでセックス楽しみたいんですけど」

「いいじゃないか。これで傷病除隊になれば、めでたくマンガ家になれる。車椅子でだって描けるじゃないか？」

「気楽に言ってくれますよ」

辰巳は工具箱からレンチを取り、東尾に渡した。二人は両サイドで作業を始めた。

「そう言えば、お前、昔からマンガ家になりたかったんだろう？　デザイン学校とかだってあっただろうに」

「親のスネをかじるのは、高校出るまでと決めてたんでね。でも俺、辛抱《しんぼう》強いほうじゃないから後悔してますよ。自衛隊の整備資格は民間じゃ通用しないし」

「それが通用するようになったら、自衛隊はパイロットだけになっちまうぜ」

「俺、アルバイト程度に考えていたんですよ。初任期を契約した時、退職金の額しか見てなかったくらいですから」

「そりゃ、ひでえや。防大で〝国防の大義《たいぎ》〟を学んだ俺《おい》らの立場はどうなるんだよ」

二人は、まずロケット・ランチャーのサイド・フレームを取り外した。

「そういう東尾さんはなんで防大なんか入ったんですか？」

「たまたま、防大しか受からなかった。浪人するほど家の経済状態はよくなかった。授業料なしで勉強できたうえに給料が貰える学校なんて、そう多くはないからな」

「俺と変わんないじゃないですか」

「なんで、俺たちこんなとこにいるんだろうな」

「ネクタイ締めてサラリーマンやりたかったですか？」

「軍服に比べりゃあネクタイのほうがノーマルだぜ。そう思わねぇか」

「毎朝、満員電車に詰め込まれ、他人にペコペコ頭下げて、夜は接待づくしで、俺はごめんですね。油や絵の具にまみれて働くほうがましですよ」

「正直に言うが、台風のさなかに、雨に打たれて工具いじくるよりは、クーラーの利《き》いた部屋で、電話番してたほうがましだよ」

作業は五分とかからなかった。あっという間だった。ロケット弾ポッドと二〇ガロン用燃料タンク二本を後部座席に収納してロープで固定した。外すより、そっちの作業のほうが時間を喰った。

「腹減ったなぁ……」

「眠気醒まし用のウーロン茶がありますよ。ビスケットもありますが、そっちは眠くなるんでやめましょう」

「うん。こいつはピクニックに便利だよな」

離陸前チェックを行ないながら、東尾は、こんな時にどうでもいいことを、思いついた。

「木更津《きさらづ》へ帰ったら、一日ぐらいタダでこいつを借りようか。どこか軽井沢か、湘南あたりにさ、さっそうと乗り込むんだよ。ＢＭＷよりモテること請け合いだぜ」

「乗ってる人間が自衛隊じゃなけりゃね。ロケット弾や機銃を付けたままってのは、まずいでしょう」

「じゃあ、ロケット弾の代わりにロケット花火を詰めとこうぜ」

「それいいですねぇ。まあ、そういうおいしい話は、帰りの機中で考えましょうや。センサーの窓に葉っぱが付いちまったなぁ……」

「離陸すれば風圧で落ちるさ」

「ええ、そうですね」

東尾はエンジン・スイッチを入れながらウォーキー・トーキーで《ブルドッグ》を呼んだ。

「どうした？　時間がかかるじゃないか」

「こっちにも事情がありましてね。音声連絡はしばらく中断します。映像は送りますが、そっちまで届くかどうかは保証しかねますので」

「解っている」

「脱出できそうですか？」

「夜中に防大のフェンスを乗り越えるようなわけにはいかんが、こと脱出に関しては、俺は天才だ」

「今も、その才能だけは疑いませんよ」

東尾は、ローターを透かして頭上を眺めた。

「エンジン回転異常なし。油圧正常」

「行こうぜ」

『ディフェンダー』は、嵐の空へと舞い上がった。

飛鳥はセンサー・ステーションの床《ゆか》に胡坐《あぐら》を組み、〝カロリーメイト〟をかじっていた。

「〝地獄の一〇〇ヤード〟と呼ばれたよ。防衛大学校がある横須賀の小原台《おばらだい》の宿舎から、シャバの道路までの高さ二メートルのフェンス、こいつをどうしても越えられなかった。芝生《しばふ》を半分も走らないうちに、サイレンが鳴り始める。夏場に入って一カ月、被害者が増える一方で、ついに各班ごとに脱走委員会が結成されて、先陣争いになった。電子工学をやっている連中は、敵の監視装置の分析と欺瞞《ぎまん》方法の開発に着手した。ゴルフ練習用のカーペットをかぶって、一〇〇ヤードを一時間がかりで匍匐《ほふく》前進した奴もいたが、フェンスに辿《たど》り着いた瞬間に、御用となった。当直の教官は、校舎の教室からそれを一時間もずっと眺《なが》めてたんだぜ。

俺の作戦は簡単だった。だが完全に教官の虚《きょ》を衝《つ》いたよ。梅雨の最後のころの豪雨の夜、物干し竿を担《かつ》いでフェンスまでいっきに走り、いっきに棒高跳びさ。仲間が、監視の教官に間違い電話をかけ、ほんの五秒だけ注意を逸《そ》らす間に。ところが、俺は外へ出た後のことまで考えちゃいなかった。班の連中は、夜中に万歳《ばんざい》だが、俺は朝まで横殴りの雨に打たれてたってわけさ」

「それで、物干し竿なんかでどうやって《ブルドッグ》を飛ばすわけ?」

「そこが問題だ。事務所の連中を残していけば、イリガン将軍の報復の的《まと》になる。サムとステラは乗せなきゃならん」

「二つのトーチカはどうやって潰すわけ。まさか二〇ミリ砲を外して蜂の巣にするわけにもいかないでしょう?」

「尚美、ロケット弾の発射プラグは扱えるか?」

「そんな無茶な⁉」

間島が呻《うめ》いた。

「ランチャーなしで、どうやって発射するんですか？」

「うん。たぶん、ディフェンダーはもう催涙ガス弾を使い切っただろう。ここから弾薬箱を運び出して、林の中で補給させる手も考えたが、ここから林まで、まるまる死角が続くわけじゃない」

「《ブルドッグ》を移動させたらどうですか？」

「移動？　向きを変えるのか？」

「ええ、要は、二カ所のトーチカと事務所から、死角になればいいんでしょう？」

「事務所は無視していい。誰かが窓際《ぎわ》に立って、こちらが見えないようにすればいいんだ」

「そうするとですねぇ……」

間島は、滑走路のビデオ写真をモニターに呼び出すと、トラック・ボールを使って《ブルドッグ》のイラストを上下左右に動かした。

「鉄板の滑走路を降りて、五〇メートルほど林に寄れば、幅三メートルほどの死角の道路ができます。林まで三〇メートルです」

「五〇メートルの移動は賛成できないわ。ほとんど田圃《たんぼ》みたいなものよ。そんなところへ入ってごらんなさい。車輪が土中に埋まって出られなくなる」

「スタック・ボードは積んで来たんだろう？」

「二本だけね。主脚輪《メイン・ギア》はそれでこと足りるけど、首脚輪《ノーズ・ギア》はどうするのよ。悪くすれば、パンクでは済まないわよ。ギアが折れたら、修理はできないわ。第一、そのスタック・ボードにしてからが、ほんの四メートルの長さしかないのよ。五〇メートル移動する間に最低でも一二回は敷き直さなきゃならない」

「滑走路の鉄板はけっこう余っているじゃないか。そいつを最初に敷いておけばいい」

「できるんなら、交渉してちょうだいな。ただ、機付き長としてはあんまり賛成できないことは覚えておいてね」

「了解。交渉して来るよ」


「風が強いから、丘の手前まで移動させたい」と言ってステラに通訳を頼むと、警備の伍長が、窓の外を見て「どのあたりだ」と尋ねた。鉄板を敷く件も、理由を尋ねられただけで許可された。

銃手の五名を、その作業に駆り出すことを告げた。

整備上の問題が生じて、ベテラン・パイロットであるサムの知恵を借りたいと言うと、それも許可された。

柴崎が、飛鳥の意図を察して、日本語で「健康診断でもして時間を稼ぎましょうか？」と申し出たので、タイミングを示し合わせた。

飛鳥がサムを連れて《ブルドッグ》に帰るころ、『ディフェンダー』は、無人のアパリ空港に着陸し、ひどい風の中で再び増加タンクと、ランチャーを取り付けながら燃料補給を行なった。

飛鳥は、サムにひととおり機内とクルーを紹介しながら、センサー・ステーションに向かった。

「作戦は単純明快だ。まずディフェンダーで二つのトーチカをガス弾攻撃する。同時に、俺とあんたとで、事務所の兵隊を縛り上げる。兵隊全部を縛ったところで、三機で離陸、人質の奪還に向かう。あんたのシュペルピューマには、機銃も装備できるんだろう？」

「ああ、事務所に置いてた一二・七ミリ重機関銃を装着できる。射手を貸してくれれば、それなりの戦闘ヘリコプターに変身する」

「解った。シュペルピューマには俺が乗るよ。どうせ《ブルドッグ》は、市街地では派手なことはできないからな。念のため、ここは空《から》にして行きたい」

「つまり、帰らずに済ませたいということか？」

「そうせざるを得ないだろう。イリガン将軍に睨《にら》まれちゃあ、あんたはここでは暮らせない。もちろんステラも。角紅はうまいこと立ち回るだろうがな」

「そうだな。飛べるんなら、俺はどこでも暮らしていけるし、ステラは東京でだって仕事ができる。ここを捨てるのもしょうがないだろう。それぐらいの犠牲は払ってもいい任務だ」

「間島、最新の気象写真を出してくれ」

間島は一時間前の『ひまわり』のデータをモニターに出した。

「次のデータをリクエストできるのは二時間後です。米軍の『ノア』なら、一時間後にアクセスできます。風向きの情報を入れてみます」

グラフィック映像に、小さな矢印が重ねられた。

「風向きは、変わりつつありますね。もうちょっとの辛抱《しんぼう》だと思います」

「アパリから脱出するとなると、今度は向こうからの離陸がきつくなるな」

「向こうは長さがある分、なんとかなるんじゃないですか」

「そう思うしかないか。合田士長、俺と一緒に突っ込む戦闘員が欲しいんだが……」

「弾《たま》詰まりでも起こったら、どうすんですか？　それに、陸戦の訓練なんて誰も受けちゃいませんよ」

「二人でいいよ」

「俺いいですよ。趣味でサバイバル・ゲームやってますから」須藤が申し出た。

「お前、殺生なんて嫌いなんじゃないのか？」

「自己防衛のための武力行為は否定しません」

「なんだおめえは⁉　日本国憲法か……森本《もりもと》、お前は短距離の選手だったんだろう？」

森本も須藤と同じ銃手だった。

「それと何の関係があるんですか？　俺きついのごめんですからね。時間外とか、手当なしとか、危険とか、肉体労働とか」

「機長、須藤と森本が行きます」

「オーケーだ。その前に鉄板敷きもあるぞ。よろしくな」

「ディフェンダーからセンサー映像が来ます」

風上への飛行は、追い風よりは楽だったが、雲のせいで水平線が見えないのは同じだった。辰巳が操作する限られたセンサーだけが頼りだった。

ミリ波レーダーが地形を読み取り、モニターにモノクロの映像を映し出した。

東尾は、幹線道路を右手に見降ろすように真東へ飛んだ。アパリの市街地を出ると、車の行き来は、ほとんど途絶えた。

「リムジンを探せばいいんだろう?」

「ええ。どこか枝道へ入ったのでなければ、そろそろ現われていいと思いますが」

「NPAがどこに潜《ひそ》んでいるか解らないんだ。それはないさ」

「前方赤外線監視装置《FLIR》を使いたいな。もう少し降りてみるか?」

「こっちの姿を見せるのはまずいですよ。発見したら、いったん距離を取って、それから降りてみましょう」

最初に、軍用トラック二台が走った直後に、お目当てのリムジンが現われた。後ろに、NPAの捕虜《ほりょ》を乗せたもう一台のトラックが続いていた。東尾は、その車の列から四〇〇〇メートルほどの距離を取ると、雲の下に降りて、前方赤外線監視装置を作動させた。四キロも離れると、低視認性の塗装とフォルムを備えた『ディフェンダー』は、地上から発見することは難しくなるが、『ディフェンダー』のセンサーにとっては、充分に見物できる距離だった。

一五分ほど追跡したところで、軍用車の列は、アパリの町へ入る手前で海側の枝道へと入った。目指しているらしい場所には、白い壁で囲まれた、瀟洒《しょうしゃ》なコテージがあった。

「このコテージなら知っているよ」

　サムがモニターを見ながら言った。

「イリガン将軍の妹の旦那《だんな》のコテージだ。旦那は、ここいらでも一、二を争う大地主で、確か下院議員だったたっけな。俺がアメリカ人てことで、一度パーティに招待されたことがあったよ。ただの酒飲みという本性がばれて以来、お呼びはかからないがね」

「仕掛けでもあるのかい？　要塞のような」

「まあ、ここいらじゃNPAの襲撃目標ナンバー1だから、セキュリティ・ガードの数は多いな。二〇人かそこいらはいたはずだ。玄関の扉は鉄製だが、一〇五ミリ砲の直撃に耐えるほどじゃない。問題はないよ。玄関を打ち破ったあと、ここと海側の窓から、催涙弾をぶち込めばいい。パーティの時の守備状況を観察したが、ひどいもんだった。海側からの攻撃がないことは解っているから、配置は全部玄関と、道路際《ぎわ》ということになる。しかも、美観を損《そこ》ねるというんで、兵隊は壁の外だ。一〇〇人いようが、二〇〇人だろうが、同じことだよ。

　海からヘリコプター二機で侵入し、《ブルドッグ》がその間に地上を威嚇《いかく》する。作戦はほんの五分で終了するさ」

「あんたみたいなコンバット・レスキューのベテランにとってはね」

「いやいや、死を革命運動への不可避な犠牲だと考えていたベトコン相手の奪還作戦を考えれば、この連中はただの銃の撃ち方を知っているというだけだ。わけのわからん戦闘に命がけになりはしないよ。わけはない。ステラはどうする?」

「危険な目に遭《あ》わせたくはないが、タガログ語を話す人間がいないと、人質の監禁場所を聞き出せないだろう」

「その程度のタガログ語なら、俺だって話せるよ。ステラは、《ブルドッグ》に乗せて、上からスピーカーで説得させるといい」

「解った」

モニターの中で、先導する二台のトラックは、コテージの中へは入らず、サムが言ったとおり、広大な屋敷を囲む壁の外で停止した。NPAを乗せたトラックは、屋敷の裏の納屋《なや》の前で止まった。兵士たちは降りたが、バードク大尉らはその場で風雨に打たれるに任《まか》された。NPAの女性兵士だけが、私服の乱暴な連中によって引きずり降ろされ、納屋へと連れ込まれた。

「セキュリティ・ガードの連中だな……」

「不可抗力という奴だ。それに、連中には代償を支払ってもらう」

「間島、ディフェンダーを引き返させろ」

滑走路用の鉄板は、結局二〇メートル分しかなかった。それを敷き終わると、《ブルドッグ》は勢いを付けて前進した。最後は結局泥にはまり、四〇メートルしか丘へ近づけなかった。残る一〇メートルは、監視の目をごまかす必要があった。

方向転換するために、スタック・ボードを出したが、一八〇度向きを変えるだけで三〇分も要した。『ディフェンダー』の帰還のほうが早かったので、東尾と辰巳は、《ブルドッグ》のすぐ手前まで来て四発の催涙ガス・ロケット弾を受け取って帰った。

その間、柴崎はステラの通訳で、事務所に残った兵士たちを健康診断して注意が窓の外へ行かないよう細工した。すでに、午後四時を回っていた。


時間が経《た》つに連れ、辰巳の苦痛は激しくなった。ウンウン呻きながら、ロケット弾をポッドに装着して、シャツを脱ぐと、背中が腫《は》れ上がっていた。どうやら肋骨を折ったのは間違いなさそうだった。

「こいつは困ったな……」

「東尾さん、確か独身の妹さんがいらっしゃいましたよね？　戦友なんだから、俺が車椅子の生活を送るようになったら、妹に一生面倒見させてやるからとか、言ってくれますよね？」

「その恨《うら》めしい目付きは止《や》めろ。面倒見てほしいんなら、角紅に面倒見させろよな。なんで俺の妹なんか……」

「ウウゥ……、戦友とも思えない非情な台詞《せりふ》。グレてやるぞ……」

「人生ってのが、四コマ・マンガみたいに進めば、どんなに気楽だろうと思うぜ」

「俺はプロですから、どんな悲惨なドラマでも、四コマ・マンガで大笑いできるオチを付けてみせますよ」

「ぐだぐだ言わずに行こうぜ！」

東尾は、作戦開始の合図に、無線のクリック音を二回鳴らすと、エンジンのパワーを上げた。


飛鳥は、ステラと早見に日本語で作戦を説明した。早見の顔は反対を物語っていたが、意見を求めるつもりはなかった。飛鳥は、ステラがＮＰＡのスパイであることに関しては、しばらく忘れることにした。

ヘリコプターの爆音が聴こえて来ると——実際には、パイロットとして訓練された飛鳥とサムにしか聴こえなかったが、サムが窓辺に近寄り、タガログ語で何かを呟くと、床に胡坐を組んでカードに興《きょう》じていた六人の兵士のうち二人が立ち上がった。

ピストルを突きつけるだけで済んだ。六人を腹這《ば》いにさせ、サムがロープできつめに縛った。

『ディフェンダー』を操縦する東尾は、滑走路に直線侵入した。風力を読むため、機銃を一斉射してみた。五発おきに入っている曳光弾《えいこうだん》が、西方向へ大きく流されて行く。

「東へ一〇度振ってください！」

「了解」

追い風で発射すれば問題は生じないが、滑走路の両端のトーチカを敵が対応する前に潰すには、間断のない連続攻撃が必要だった。

「高度を落としましょう！　この風じゃ無理だ。向こうのトーチカから死角になるよう飛べばいい」

「そうだな」

東尾は匍匐飛行《NOE》に移った。パーム・ツリーの林を抜けると、地表すれすれ、高度五メートルほどを、時速一〇〇キロで前進した。

「撃ちます！」

「行け！」

左のランチャーから、ロケット弾が飛び出すと、目標よりちょっと左寄りに飛び始めたが、風に押されて右方向へと向きを変え、ドラム缶で作られたトーチカの、一番右端に命中して爆発した。燃料がまだだいぶ残っていたせいで、ドラム缶が空中高く吹き飛び、背中に火が付いた兵士が、雨の中に飛び出した。

「直撃しちまった。やべえや……」

「今度は、ちょっと外しましょう」

トーチカを飛び越えると、今度は少し高度を取った。滑走路の真ん中に置かれたトラックを飛び越える。二発目は、トーチカの風上側一〇メートルほど手前でうまい具合に爆発し、催涙ガスの白煙がトーチカに押し寄せた。かわいそうに、兵士たちにとっては、この日二度目の催涙ガス攻撃だった。

《ブルドッグ》から、ガスマスクをかぶった銃手が飛び出し、まず、南側のトーチカにいた哀れな四名を捕虜にした。北側の兵士たちが逃げようとしたので、『ディフェンダー』で脅しながら、事務所へと引き立てた。

火傷《やけど》を負った兵士を、柴崎がぶつぶつ言いながら治療する間に、『ディフェンダー』は燃料弾薬を補給し、《ブルドッグ》を泥の中から滑走路へ戻す作業が始まった。あたりは、すでに薄暮が迫っていた。

事務所へ連れ込まれて縛り上げられた兵士たちは、ステラに向かって口々に何かを訴えた。

「なんて言ってんだ?」

「イリガン将軍は悪魔のような男だ。何でもするから殺さないでくれと……」

「じゃあ、一時間だけ、ここでじっとしていろと」

「はい」

「僕は角紅を代表する者として、賛成できないですね」

早見がようやく反対の意思を露《あらわ》にした。

「イリガン将軍の機嫌を損ねれば、ブビヤン・プロジェクトの継続すらおぼつかない」

飛鳥は、胸ぐらを摑《つか》んでやろうと思ったが、それは止めにして、鼻先を早見に突きつけた。

「早見さん……。あんたの会社、大口納税者だ。だが、自衛隊を納税者の都合《つごう》で海外派兵させるのは、隊員として、はなはだ迷惑だ。俺たちはイリガン将軍の機嫌を損ねるかもしれんが、ブビヤン・プロジェクトがどうなろうと、興味はない。事業のことが心配なら、将軍に新しいオモチャを恵《めぐ》んでやればいい。あるいはケイマン諸島の銀行の秘密口座を少し増やしてやるとか。会社の論理で、会社の流儀でやることさ。だが、ここは俺の流儀でやらせてもらう。戦争という奴は、金勘定のようにはいかないんでね……」

ステラがじっと、飛鳥を睨《にら》んでいた。

《ブルドッグ》が滑走路に乗ったらしく、アイドリング状態のエンジン音が響いてきた。

「ステラ、人質の女兵士のために、君の着替えでもあったら、持って行ってくれ。なるべく目立たない奴をね」

『シュペルピューマ』を整備し、キャビンに一二・七ミリの機銃座を作る。その間、柴崎は辰巳の手当をした。

「まだ折れちゃいないが、ひびが入っているのは間違いない。痛み止めを射《う》っとくかね？」

「あれって眠くなるんでしょう？」

「痛みで気が散るよりは、眠気のほうがまだ耐えられると思うよ」

「じゃあ、お願いします」

飛鳥は、《ブルドッグ》のコクピットで作戦の細部を打ち合わせた。

「ディフェンダーが飛び回る高度二〇〇メートル以下には降りないこと。援護《えんご》射撃は歓迎するが、一〇五ミリ砲で親父さんを吹っ飛ばすことがないように注意しろ。人質を救出したら、アパリの空港へ降りて、そこで燃料補給し、ディフェンダーを積み込む。その作業を一五分以内で終わらせないと面倒なことになる」

「この次の作戦からは、もう一人パイロットを乗せてくださいな」

「お前、大蔵官僚なんだったら、《ブルドッグ》チームの予算を勝手に増やしゃあいいだろう。ドアを打ち破って、催涙ガス弾をうまいこと屋敷の中に撃ち込めるかどうかが、作戦の成否を決める。それを忘れるな。今はちょうど向かい風だから、離陸は楽だろう」

「簡単に言うのよね……」

「チーム・ワークがすべてだ」

「もし作戦に齟齬《そご》が生じたら？　《ブルドッグ》が墜落する、ディフェンダーが墜落する、シュペルピューマが墜落する。貴男がたが、逆に捕虜になる、エトセトラ……」

「ヘリコプターが墜落した時は、残った一方が、《ブルドッグ》の援護下レスキューに向かい、作戦は続行。《ブルドッグ》が墜落した場合、俺たちはヘリで飛べるところまで飛ぶ。お前さんらを助けられるかどうかは別だ。もし、俺たちが捕虜になったら、さっさと日本へ帰って、あとは外務省に任せろ。ＮＰＡの人質を助けに行ったという事実は残る。ＮＰＡは、その大義だけは受け入れてくれるさ」

「貴男!?　そんなことのためにＮＰＡの兵士を助けようというの？……」

「イリガン将軍は、しょせんは政府側の人間だ。角紅に嫌がらせをすることはあっても、作業員を殺すような真似《まね》はしないだろう。だがＮＰＡのゲリラ活動を法律やセキュリティ・ガードで抑えることはできない。約束を守ったというこちら側の誠意を伝えてやるだけの価値はあると思うぜ」

「角紅のために、そんなことをする必要はないわ」

「角紅のためじゃない。誰のためでもないよ。ＮＰＡは、けっして国民すべてに支持されているわけじゃないし、軍部は腫れ物みたいなものだ。どっちの味方をするのも、日本の利益にはならない。単なる信義の問題であって、それによって角紅が受けるかもしれない利益は、また別の問題だ」

飛鳥は、《ブルドッグ》を麗子に預けると、ガスマスクを持って『シュペルピューマ』へと向かった。

滑走路上では、尚美が、キーが抜かれたトラックのエンジン・スイッチを分解して、エンジンを掛けようとしていた。

一人でも人手が欲しかったので、早見を『シュペルピューマ』に乗せた。

トラックのエンジンがかかると、尚美は、《ブルドッグ》までそれを転《ころ》がし、降りてから《ブルドッグ》のタイヤ周《まわ》りをチェックした。飛鳥は『シュペルピューマ』のコクピットから、ウォーキー・トーキーで尚美を呼び出した。

「何か問題か？」

「いえ、泥が心配だっただけ。横殴りの雨のせいで綺麗に落ちているわ。でも、だいぶ傷《いた》んでいるから、小牧まで無事に保《も》つかどうか危ういところね」

「アパリの離陸さえ、何とかなれば、着陸はどうにでもなるさ」

「野際が言っていたわよ。貴男のそのアバウトな性格はパイロット向きだけど、指揮官向きじゃないってね」

「あいつの人物評は、至極正確だった。アパリで会おう」

「了解、離陸させるわ」

最後に、人質を見張っていた柴崎と合田が事務所から飛び出して来て『シュペルピューマ』に乗り込んだ。

「なあ、サム。まじめな話、あんたこれからどうするね？」

「ステラと別れるのは辛《つら》いが、俺の錆《さび》付いたライセンスは、日本じゃ通用しないし、だいたい日本人の生活リズムは俺の性格に合わんよ。なあ、早見さん。この近辺で、酒が飲めて俺のライセンスに文句を言わん国はないかね？」

「インドネシア、マレーシア、ブルネイ、角紅が腕っこきのヘリ・パイロットを必要としている地域は山ほどあります。再就職の斡旋《あっせん》は僕に任せてください」

早見が、調子よく言った。

「ああ、よろしく頼むぜ」

二機のヘリコプターがエンジンを回し始めたころ、《ブルドッグ》は雨が滑走路を叩く中を離陸した。今度は、麗子もいささか荒っぽい離陸をやってのけた。サムは、それに八・九五の芸術ポイントをつけた。

「グッバイ、サン・ビセンテ！」

サムはひと声叫ぶと、『シュペルピューマ』を雲の中へと引き揚げた。

麗子は、ヘリコプターの二倍のスピードを持つ《ブルドッグ》を、時間を稼ぐためにいったん海上へと出した。

「一五〇〇フィートも上昇すれば太陽があるのにね。ほんの一〇分なのに……」

ステラが言った。

「そんなことはないわよ。マレーシアやシンガポールだって、あそこまで発展したじゃない。フィリピンだけが取り残されるなんて不自然なことだし、経済発展のモデルからしてもありえないことよ」

「ここは何の資源もなく、ただ人間だけが増えつづけるだけの貧しい島なのよ。誰も国の未来なんか考えちゃいないわ。自分の取り分がどれだけあるのか、それ以外のことを考えるような余裕はどこにもありはしないわ」

「いつかは変わるものなのよ。国家も人間も。でなければ、何の希望があって、生きていくもんですか。こちら機長、銃手は砲を出しなさい！　一〇五ミリ砲は、弾種に注意を払ってくださいな」

《ブルドッグ》は海上へ抜けると、きっかり五分後引き返した。間島のレーダーには西進する二機のヘリコプターが映っていた。

『ディフェンダー』は雲の下を飛んでいた。辰巳が、前方赤外線監視装置《FLIR》に映った目標を見て「まずいな……」と呟いた。

「戦車がいますよ」

「どこだ?」

「屋敷の壁から二〇〇メートル手前です」

「《ブルドッグ》に始末させよう」

「無理ですよ。飛鳥さんの腕があるならともかく、直撃しなきゃ破壊できない」

「なんとかするさ」

東尾は、真後ろに占位する『シュペルピューマ』の飛鳥を呼び出した。

「飛鳥さん、戦車がいます。こっちの搭載武器では、とても歯が立ちませんが……」

「大丈夫だ。アマチュア・パイロットの腕を信じてやれ。映像を《ブルドッグ》に頼む」

『ディフェンダー』から届いた映像を見て、間島は「大丈夫ですよ」と麗子に告げた。

「あいつは、パソコンゲームの『大戦略』でも役立たずの『スコーピオン』軽戦車です。一〇五ミリ砲で直撃する必要はない。二〇ミリ・バルカンの徹甲《てっこう》弾で倒せますよ」

「了解、それは最後に片付けるわ」

コテージが視界に入って来た。浜辺へ出る途中の庭のパーム・ツリーが、風に激しく揺れていた。

飛鳥は、キャビン・クルーにガスマスクを装着するよう命じると、自分もマスクを被《かぶ》った。

サムは、視界を得るために、『ディフェンダー』のちょっと上に出た。プール付きの庭に人影はなく、銃の射程距離まで近付いたところで、ようやく一階のフロアで兵士たちが騒ぎ出すのがガラス越しに解った。

「信じられないな……。ゲリラのキャンプがあるかと思えば、こんな豪邸があるんだもんな」

飛鳥は、シートを立ってキャビンへと移動した。

東尾の『ディフェンダー』は、海岸線を越える前に攻撃態勢を取った。銃を持った兵士たちがバラバラと飛び出して来た。

「プールは外せ。でないと効果が半減する」

「了解、あの左側のパーム・ツリーの根元を狙ってください」

「任せろ」

銃弾がヘリコプターを掠《かす》める。

「スタンバイ、スタンバイ……。ＮＯＷ！」

東尾が引き金を引くと、左翼側のランチャーから、催涙ガス弾が飛び出して行った。

それは、パーム・ツリーの枝を掠めてコテージのベランダの手摺《てすり》に命中して爆発した。

窓ガラスが割れ、白煙は部屋の中へと広がって行った。

「こっちは後回しでよかったんだがな……」

「もう一発行きましょう。その前に、蠅《はえ》を追い払ってください」

機銃で二回斉射を加えると、兵士たちは一斉にというより、右往左往しながら先を争って物陰に隠れた。

「ひでぇ兵隊だな……」

「俺だって、ディフェンダーが相手ならさっさと逃げますがね。二発目、撃ちます……、ＮＯＷ！」

今度は、パーム・ツリーの茂みの中に命中した。化学反応で生まれる催涙ガスが、もくもくと湧《わ》き上がり、風に乗って拡散し始めた。

「よし、陸側に回り込むぞ！」

『ディフェンダー』がくるりと向きを変えると、『シュペルピューマ』が、コテージの玄関に向けて急降下に入った。

《ブルドッグ》は、そのすぐ背後を、北側へ大きく迂回《うかい》して侵入した。

「間島さん、玄関の映像をちょうだい！」

麗子は、コクピットの外の左側にある、反射反動を打ち消すためのボードを開きながら、HUDの表示を睨んだ。こればかりは、何度訓練を積んでも、自分で納得する数字を出せなかった。飛鳥が、鼻歌を歌うような調子で引き金を引けるのが、未《いま》だに信じられなかった。確かに人間としてはいろいろ問題のある男だが、ことパイロットとしての腕は、超一流だった。

とはいえ、《ブルドッグ》の攻撃コンピュータは、人間を充分にサポートしてくれる……。

「玄関を撃破し、そこへ催涙弾を撃ち込みます！　初弾は榴弾《りゅうだん》を装塡《そうてん》」

南へ向いた玄関に、北側から南下して接近する。風が強いのが気になったが、ここで外したらお笑い草だ。機体を傾けてHUDの照準サークルにコテージを入れる。

「照準決定《マーキング》はこっちでやりますから！」

「お願い！」

間島は、HUDの情報を自分のモニターに呼び出し、ターゲットである玄関のポーチを、トラック・ボールを回してマーキングした。そうすると、砲が限られた作動範囲内で上下左右に動いて、パイロットの腕不足をサポートしてくれるのだ。

麗子は、自動偏差《オート・バイアス》にセットして、一瞬早く引き金を引いた。そうすると、コンピュータが最適な発射タイミングを計算して、引き金を引いてくれる。

一〇五ミリ砲が発射され、反動で機体が震えた。

「命中！――」

煙が晴れると、玄関のポーチが跡形もなく吹き飛んでいた。

『スコーピオン』軽戦車から、反撃の機銃掃射が始まった。麗子は、コテージを回り込むようにきつい傾斜《バンク》で左翼へと旋回した。


その間に、『シュペルピューマ』はリムジンの近くに強行着陸を試みた。

サムは、大急ぎでガスマスクを装着してキャビンに出た。

「玄関に近すぎはしないか⁉」

「確かに。《ブルドッグ》に撃たれて死にたくはないな。早見さん、自分の身を守るだけでいい。敵を撃とうなんて考えることはない。柴崎はヘリを守れ。合田は、トラックの人質を奪還しろ！」

《ブルドッグ》が旋回を終え、間島が無線で注意を呼びかけた。

石畳の庭の中に、イリガン将軍のリムジンがあった。サムと飛鳥は、そのリムジンの陰に隠れた。

《ブルドッグ》が、催涙ガス弾を硝煙が渦巻く玄関にぶち込んだ。

「役人にしとくにはもったいねぇや。〝ハミング・バード〟、戦況が落ち着くようなら、納屋へ降りて女の子を助けろ」

「敵の反撃は小規模《ミニマム》なレベルです。たぶんこっちでやれます」

東尾への連絡を終えると、飛鳥は、トランシーバーを腰に装着し、M—16A2ライフルをかまえると、リムジンの陰から立ち上がり、中腰でその煙の中へ突進した。

「サム、あんたの図体《ずうたい》は被弾面積が大きすぎる。俺の後ろにいてくれ」

「俺のほうが実戦慣れしてんだぜ。そこを右へ。ラウンジがある」

まともに立っている人間は一人もいなかった。大の男たちが、床に手をつき、滂沱《ぼうだ》の涙と鼻水を垂らして泣きわめいていた。庭のプールに飛び込む音が聴こえた。

ラウンジ中央のソファの陰で、咳《せき》込む人間がいた。

「大使、社長、助けに来ましたよ」

前川が、泣き腫らした目で飛鳥を見上げた。

「てっきりNPAの奇襲だと……」

「イリガン将軍はどうしました？」

「サルムント中佐が、プールへ飛び込めと言ったような気がするが……。ひどいな、催涙ガスなんてソウル駐在以来の経験だよ」

「歩けますね？　社長も」

「ぼ、僕は自衛隊の寡黙《かもく》な努力を評価するほうだが、ここまでしなきゃならんのかね……」

「御託《ごたく》はあとで――」

『ディフェンダー』が降下して来て、会話が聞き取りにくくなった。サムが耳元で何か喚《わめ》いた。

「何だって⁉」

「イリガンを殺《や》る！　奴はフィリピンの癌だ」

「よせ、サム。今は脱出が先だ。イリガン一人殺したところで、誰か別の人間が後がまに座るだけだ。ベトナムで戦った君なら解るはずだ。指導者の首をすげ替えたところで、何も変わりはしないんだ。脱出するぞ！」

頬を上気させたサムは、悪態を吐《つ》きながら、足元の花瓶を蹴り上げた。

東尾が『ディフェンダー』を降下させると、敵から奪ったらしいM―16ライフルを腰にかまえたＮＰＡのバードク大尉と少年兵が真下に現われ、任せろという仕草《しぐさ》をした。短い銃撃戦があり、大尉が裸の女兵士を担《かつ》いで現われた。東尾は、大尉が『シュペルピューマ』に辿《たど》り着くまで、二〇メートルの超低空から援護した。

三回目の旋回で、麗子は、『スコーピオン』に狙いを定めた。ステラが、ラウド・スピーカーで戦車から出るよう呼びかけると、五人もの兵士が、ハッチを開けて飛び出し、一目散にサトウキビ畑の中へと逃げ出した。麗子は、二〇ミリ・バルカン機銃の引き金を引いた。数百発の弾丸の雨が、鋼鉄の車体を叩き、綺麗な火花を散らせた。後方に見えなくなった直後、『スコーピオン』は爆発し、砲塔部分が宙に舞い上がった。

飛鳥は、目を開けられなくて足元がおぼつかない二人を抱きかかえるようにしてコテージの外へ出た。サムは、どこで拾ったのか手榴弾《しゅりゅうだん》を持っていた。人質たちが無事に『シュペルピューマ』に乗り込むと、飛鳥は、追っ手が手間取るようトラックのタイヤを撃った。サムはリムジンのドアを開けて、バック・シートに手榴弾を放り込んだ。

「急げ、サム！　そんなことをしたって、来週には角紅が新車を届けるんだぞ」

『シュペルピューマ』の前に、バードクがいた。

「そいつはＮＰＡが吹き飛ばすさ。なあ大尉？」

「約束するよ」

バードク大尉は、憤怒《ふんぬ》の表情で、リムジンが爆発する瞬間を見守った。

「作戦終了！　離陸しよう」

飛鳥は、サムがシートに着くのを待たずにエンジン出力を上げた。ほぼ真上で、『ディフェンダー』が睥睨《へいげい》するかのようにホバリングしていた。

『シュペルピューマ』が地上を五〇メートルと離れないうちに、屋敷の中央付近で大爆発が起こり、屋根が吹き飛んだ。

「何をしたんだ⁉」

「ちょいとベトナム式のブービー・トラップを仕掛けてやった。いいじゃないか。どうせ角紅が建て替えてくれんだ」

「まあ、そりゃそうだが……」

『シュペルピューマ』が機関銃の射程外に出るまで、しばらく『ディフェンダー』はその場に留《とど》まった。

8章　脱出

フィリピン陸軍・グリーン・ベレーのロスマン・エルミタ少佐は、パジェロを降りると、編隊を組んで西へと向かう《ブルドッグ》とヘリコプターを双眼鏡で眺めていた。その右手からは、強風にたなびく幾筋《いくすじ》もの煙の帯が見えた。

少佐の部隊は、ノース・ベースを跡形もなく破壊し、捕虜にした多数のＮＰＡを連れて今帰還したところだった。

「あの煙の場所は、イリガン将軍が定宿にしている……。どういうことですか？」

タヤバス中尉が困惑した表情で呟いた。

「われわれの目論見《もくろみ》を察した人間がいて、そいつは少なくとも、イリガン将軍に好意を抱かなかった。あの連中……、空港へ向かっているな。君は、捕虜を連れて軍警察署へ連行してくれ。私はスコーピオンを連れて空港へ向かう」

「了解です」

エルミタ少佐は、角紅が寄付したパジェロに乗り込むと、佐伯支店長を睨《にら》んだ。

「困ったことになりましたよ、ミスター。こととしだいによっては、貴方の立場は、非常に危ういものになる」

佐伯は青ざめた顔で、口の中でもごもご呟いた。

「作戦上は、秘密兵器がわれわれに背《そむ》いても、君たちはまだ報復手段を持っていたはずだぞ」

「こんな天気にですか？　空軍の奴らは二の足を踏みますよ」

少佐は、戦闘部隊に前進を命じた。彼が率《ひき》いている部隊は、イリガン将軍が連れ歩く、数が頼みの素人集団とは、若干《じゃっかん》質が違った。


イリガン将軍は、タオルで顔を押さえながら、庭の愛車を呆然《ぼうぜん》と見つめていた。サルムント中佐とて似たようなものだった。プールに飛び込んだせいでずぶ濡れだった。

「この火が点いたような痛みは、何とかならんのか!?……」

「ほんの一時間の辛抱です。害はありません」

将軍の唇が怒りにわなわなと震えていた。

「こんな破廉恥《はれんち》なことを！……」

「連中は、アパリ空港へ向かったはずです。追いますか？」

「当たり前だ！　私が指揮を執《と》る。動ける車を総動員しろ！」

将軍は鼻水を垂らしながら命じた。

《ブルドッグ》は、アパリ空港へ着陸した。地上は、もう闇に近い状態だった『ディフェンダー』が着陸する前に、《ブルドッグ》の後部ドアが開き、尚美がパレットを地上に押し出した。東尾は、尚美の誘導に従って、五センチとずれることなくパレットの上に『ディフェンダー』を降ろした。

エンジンを切ると、辰巳が呻《うめ》きながら、コクピットの上に昇り、ブレードを外す作業に取りかかった。今度は東尾も手伝った。尚美は風雨の中を駆け回り、タンク車からホースを引いて、燃料補給にかかった。

飛鳥は、『シュペルピューマ』のコクピットから、尚美を呼び出した。

「何分ぐらいかかる？」

「一〇分てとこね。小牧まで充分飛べるわ」

柴崎が女性兵士を手当している間に、飛鳥は、この後の段取りを付けねばならなかった。

「サム、君には、この連中をキャンプまで返してもらわなきゃならない」

「そのつもりだ。後のことは心配いらんよ。飲み友達はそこいらじゅうにいるし、いざとなればアメリカ大使館に駆け込む」

「その必要はない」

バードク大尉が会話に割って入った。

「NPAの全てが、山奥のキャンプで暮らしているわけじゃない。至るところにシンパがいる。このアパリの町にもね。だから送ってもらう必要はない。君たちの好意に感謝する」

「約束を守っただけだ。感謝されるいわれはない」

飛鳥はピシャリと言った。

「僕はNPAの下部チームの代表にすぎないので、何も約束はできないが……」

「工事現場の警備を倍増するよ」

歩巳社長が言った。

「君たちの生半可《なまはんか》な兵力では襲えないほどの防備を固めれば、結局戦闘は回避できる。悲しい冷戦だがね、それがベターな選択だろう」

「そうですね。双方の衝突を避けるには、それがベストかもしれない。われわれが、政権を取ることはないだろうが、もっと民主的な政権ができた暁《あかつき》には、社長……。われわれはいつか和解し、貴方がたのフィリピンでの行動に感謝を述《の》べる日も来るでしょう」

「そう願うよ、大尉」

「《ブルドッグ》にオートバイを積んである。そいつを譲るよ。三人乗りになるが徒歩よりはいい。イリガン将軍は、もう屋敷を出たころだ」

「助かる」

「となると、サム。君は僕らと来てくれ」

「東京は久しぶりだ。角紅のアゴアシ付きで羽根を伸ばさせてもらうよ」

「よし、行こう！　君たちが空港の外へ出るまで、僕らはここにいて敵の注意を引く」

飛鳥は無線で、オートバイを出すよう命じた。

「間島、センサーには何が映っているか？」

「対人レーダーは全天真っ白です。この天気では肉眼のほうがよほどましですよ」

『ディフェンダー』を乗せたパレットがウインチで機内に引き込まれて行く。

前川大使と歩巳社長は、バードク大尉と別れの握手を交わした。

「君は、とても紳士的にわれわれを扱ってくれた。堂々と玄関のベルを押してくれるのであれば、日本大使館は、君を歓迎するよ」

「私の社長としての任期は、それほど長くはないが、ブビヤン・プロジェクトは必ず成功させて見せるよ。フィリピンの発展に、角紅がいくばくかの貢献をしたと、君たちが書くことになるであろう歴史の一ページに、そう記《しる》されることを確信している」

「ブビヤン・プロジェクトに反対するＮＰＡの立場は変わらないが、角紅の貢献には、素直に期待しましょう」

柴崎は、女性兵士の治療を終えて大尉に引き渡した。

「たいした治療はできなかったが、ドクター・バレンタインが、心の治療を引き継いでくれるだろう。ドクターに伝えてくれ。角紅の支局に電話一本入れてくれれば、いつでも必要な医薬品を届けるからと。ねぇ、社長？」

「いかなる人々に対しても、われわれは人道的援助を惜しまないつもりだ」

未整地の道路を疾走するにはライトが必要な時間だったが、バードク大尉と二人を乗せたバイクはマフラー音を残し、無灯火で空港の裏手へと走って行った。

エプロンを歩きながら「これは友情というのかな」と、柴崎がポツリと言った。

「いや、この世界で言う〝ストックホルム症候群〟さ。人質が長い時間の緊張で、やがてテロリストに同調するようになる」

前川大使は冷静だった。

「私は、彼を信頼していますよ。ああいう真摯《しんし》な人間ばかりだと、われわれのビジネスもうまく行くんですがね……」歩巳社長が呟いた。


尚美が燃料ホースを外して、出発準備の完了を告げた。

ランプのドアから、ステラが出て来た瞬間、曳光弾がエプロンを走った。ステラの身体が一瞬、宙に舞った。よろめき、倒れようとする刹那、早見がその身体を抱き止めた。

「みんな機内へ！」

飛鳥はそう叫ぶなり、背後を振り返って『シュペルピューマ』に帰ろうとした。てっきり後ろを歩いているものと思っていたサムは、まだコクピットにいて、離陸しようとしていた。

飛鳥は、手を振りながら「銃手がいないんだぞ！　俺を乗せろ」と怒鳴《どな》った。サムは、ニヒルに微笑むと、親指を立てながら離陸した。

《ブルドッグ》の銃手らが、ランプ・ドアの外に出て援護射撃を始めた。


ステラは、早見の腕の中で、ピストルを握った手をゆっくりと上げた。

「貴男の……、その無分別《むふんべつ》な優しさが、女を傷つけるのよ……」

ステラは、引き金に指をかけた。かけて、ほんの少し力を入れてみた。

「専務さんのお嬢様と、幸せに過ごしなさい……」

ステラの手から、ピストルが滑り落ちた。《ブルドッグ》のエンジン音が高まった。

飛鳥は、早見の身体を押すようにして《ブルドッグ》に飛び込んだ。

コクピットに駆け込むと、麗子が離陸準備を行なっていた。

「チェックリスト省略、ランプ・ドアを開いたまま離陸する！」

「みんな乗り込んだ⁉」

「ああ、サムを除いてはな。尚美はどうした⁉」

返事がなかった。飛鳥はラウド・スピーカーを入れて「尚美はどこだ⁉」と怒鳴った。後尾から、「撃たれました！」と柴崎が怒鳴った。

「何だって⁉」

飛鳥が腰を浮かすと、麗子が強引に肘《ひじ》を引っ張った。

「離陸が先よ！」

「具合はどうなんだ⁉」

しばらくして「掠《かす》っただけです！」と柴崎が返事した。

「そいつはよかった……」

ほっと胸を撫《な》で降ろすなり、パワー・レバーを全開に入れた。

「V1、V2速度、計算してないのよ！」

「飛ばん時は、墜《お》ちるだけのことさ」

飛鳥は、ペダルを踏んばって、離陸ポジションに入れた。暗い！　暗すぎる……。

「間島、OWLを使いたい！」

「いいですよ、ヘルメットをかぶってください」

麗子が、モニターの付いたヘルメットを飛鳥にかぶらせた。

曳光弾が目の前を走り、ときどき機体に命中してパチパチ音を立てた。

OWLを装着すると、目の前がパッと開けた。滑走路の真上に上昇し、ホバリングする『シュペルピューマ』が見えた。

「待ってろよ、サム……」

飛鳥はブレーキ・ペダルから両足を離した。


サムは、滑走路の真上三〇〇メートルほどの雲の真下に占位すると、機体をオート・ホバリングに入れてコクピットを離れた。

「なあに、海水浴と要領は同じだ……」

キャビンには、一二・七ミリ機銃が据え付けられたままだった。コテージで、ほとんど反撃を受けなかったせいで、弾は丸々残っていた。敵の姿は見えなかったが、曳光弾が発するあたりを狙うだけでこと足りた。

「ベトコンに比べりゃあ、おめえらはど素人だ！」

曳光弾が地上に吸い込まれていく。反撃は思ったより素早かったが、高度差があるせいで、地上からの弾は真っ直ぐ飛ばなかった。

その合間を縫って、《ブルドッグ》が離陸した。

エルミタ少佐が連れている部隊は、ほんの一個小隊にすぎなかった。よく訓練されてはいたが、空港という遮蔽物《しゃへい》のない場所での戦闘は未経験だった。接近できないことが、命中率を下げ、距離があるせいで、重機関銃以外はほとんど役立たずで、しかもスコーピオンは、トラックほど早くは走れず、空港に着くまではとほうもない時間を要した。

少佐は、パジェロを空港の手前の小川に突っ込ませた。兵士たちが散開して《ブルドッグ》を攻撃するが、その距離は五〇〇メートル近くあった。

「重機関銃は、ヘリを狙え！」

ヘッドライトを点《つ》けたトラックが近付いて来る。イリガン将軍の本隊だった。

一分も経たず、あっという間に弾が尽《つ》きると、サムはコクピットに戻った。無線が喚《わめ》いていた。

「サム！　サン・ビセンテまで引き返せ！　あそこで君を回収する」

「せっかくだが、アスカ、俺はピューマを捨てる気はないんだ。あばよ！」

自動操縦を解除すると、サムは、ヘビー級ヘリコプターである『シュペルピューマ』を、その場で宙返りさせた。高度を落とすには、最もてっとり早い方法だった。

「ヒャッホー！」

サムは雄叫《おたけ》びを上げた。

「アスカ、これがコンバット・レスキューの神髄《しんずい》だ！」

ヘッドランプに向かって、サムはヘリを突撃させた。

ステラ、飲んだくれの身体を気遣《きづか》ってくれた、ステラよ。君へのせめてもの手向《たむ》けだ……。

エルミタ少佐は、両手を振り回しながら走った。〝どこかのバカが、ライトを点けたまま、彼のパジェロめがけて突っ走って来る〟

「ライトを消すんだ！　停まれ！」

運転席から顔を出したのは、怒りに燃えたイリガン将軍だった。

「奴らはどこにいる⁉」

「もう離陸しました。それより、ライトを消してください！　いい目標になります」

将軍がドアを開けた刹那、強力な光の輪が、あたりを照らした。

サムは、地表すれすれに降下した瞬間、機首直下のフラッド・ライトを点けた。ずぶ濡れの、イリガン将軍が、フラッド・ライトの中心にいた。

「将軍……、あんたにはお似合いの最期だ！」

サムは、操縦桿をぐいと倒した。『シュペルピューマ』は、吸い寄せられるように、まずパジェロに衝突し、火だるまとなりながら、トラック二台を押し潰した。

イリガン将軍も、マネジメントT&I社のサルムント中佐も、エルミタ少佐も、そして角紅の佐伯支店長も、何も考える暇《ひま》はなかった。何も気付く余裕もなく、爆風と、炎の中で一瞬にして地獄へと旅立った。

《ブルドッグ》の後方監視カメラが、巨大な爆発を捉えた。それは、《ブルドッグ》が向かう空の雲に反射して、台風の空を煌々《こうこう》と照らし出した。

「離脱……。小牧へ向かう」

サムにとっては、本望《ほんもう》の最期だった……。

「与圧がかからないわ。機体に穴が開いているみたい」

「高度一〇〇〇〇フィートまで上昇、それを巡航高度にする。皆んな酸素マスクを装着しろ！」

「それだと、小牧はぎりぎりになるわね」

「じゃあ那覇だ」

歩巳社長が、ひょっこり二人の作業場《コクピット》に現われた。

「麗子!?……。なんでお前がこんなとこにいるんだ？　それに、その恰好《かっこう》はなんだ!?」

「あとにしてよ、お父さん！　今忙しいんだから」

上空は上空で、ひどい風だった。歩巳社長は、足場を失って、その場に倒れかかろうとしたが、かろうじて間島が背後から腰を掴んだ。

「ワッ!?　もう少し、静かに飛べんのか？……」

「床に這《は》いつくばってなさい！」

「こちらセンサー、捜索レーダーを探知！　後方より戦闘機です！」

「何だって⁉　クソ……、当然考えるべきだった。イリガン将軍は、ＮＰＡを掃討させたら、《ブルドッグ》を処分させるつもりだったんだ」

「間もなく、距離が出ます。目標は四機！」

「四機もか？　フィリピン空軍の、ものはなんだ？」

「ノースロップＦ―５『タイガー』戦闘機です」

「どうすりゃいい？」

「Ｆ―５のレーダーは、ほとんど下方監視能力を持ちません、海面へ降りてください」

「了解」

飛鳥は、操舵輪《ホイール》を倒し、《ブルドッグ》を海面へと降ろした。

「相対距離はおよそ五〇キロ、敵は、こちらの三倍のスピードで接近中、もしスパローＩ空対空ミサイルの最新バージョンを装備していれば、すでに射程内に入っているはずですが、まだロックオンを受けてません。およそ、六、七分後に、敵の肉眼視界内にはいります」

「赤外線フレア・チャフ用意！　隠密飛行《ステルス・フライト》を準備する」

「タンクに穴が開いているわ」

「どこだ⁉」

「右翼側の七番タンク、ステルス・フライトをやったら、エンジン効率が落ちる。那覇も危なくなるわよ」

麗子はあわててマニュアルのページをめくり始めた。

「おい、尚美を連れて来い！　俺たちの手には負えんぞ」

返事がなかった。

「レーダー・ロックオン、来ます！」

「どっちだと思う？」

「たぶん、赤外線誘導の『サイドワインダー』ミサイルです。最新型でなければ、発射までもうしばらく余裕があるはずです」

「迎撃する！」

言うが早いか、飛鳥は、左のラダー・ペダルを踏み込んで、左旋回に入った。

「無茶よ。サイドワインダーは四発しかないのよ！」

「こっちのサイドワインダーは、最新型の９Ｍタイプだ。向こうのタイプより、射程は長いはずだ」

「攻撃情報インプット、サイドワインダーに火を入れます！」

サイドワインダーのジャイロを回し、その赤外線追尾器《シーカー》の性能を上げるために、シーカー部分を限りなく冷やす必要があった。

　無限に近い、数十秒が経過した。麗子は、燃料タンクのバルブを閉じ、飛鳥は、作戦を練った。たとえ戦闘機が相手といっても、ただ逃げるのはまったく癪《しゃく》だった。

「発射のタイミングは火器管制装置《FCS》に任せます」

「先頭編隊の二機を殺れ。四発全部だ！」

「残りはどうすんのよ？」

「フレアで撒《ま》き、海面に降りてごまかす」

「海面がどういう状況か解っているんでしょうね？」

「ああ、海水浴向きじゃない」

「発射します！」

　両翼下のパイロンから、短射程の赤外線誘導空対空ミサイルＡＩＭ―９Ｍ『サイドワインダー』を発射した。それは、Ｆ―５が積む旧タイプの『サイドワインダー』より、射程が二倍、欺瞞《ぎまんそち》措置に対する突破能力も、格段の進歩を遂《と》げていた。

　飛鳥は、その場でラダーを蹴り、左翼方向へロールを打った。高度を急激に落とすための措置だったが、天地が逆になり、後席のお客さんたちが悲鳴を上げた。

「敵、サイドワインダーを発射しました！　本機命中まで十秒足らずです」

「フレアで対応しろ！」

飛鳥は、その貴重な一〇秒間で、機首を北へと向けた。マグネシウムを主成分とする赤外線フレアが背面のカートリッジから発射され、空中で花火が開くように、高熱で燃えながら《ブルドッグ》の両翼へと広がった。

「こちらのサイドワインダー、命中します！　二機撃墜です。後続の二機編隊進路変わらず」

《ブルドッグ》が撒いたフレアに惑わされて、二発のミサイルが誤爆して果てた。

「海面へ突っ込むぞ！」

飛鳥は、チャフの解放《リリース》ボタンを押しながら《ブルドッグ》を降下させた。チャフがレーダー波を攪乱《かくらん》すれば、一時的にせよ、こちらの居場所を隠すことができる。

「この雨と波じゃ、ほとんど海の中を飛んでいるようなものです。高度計はほとんど役には立ちませんよ！」

飛鳥は、ＯＷＬのセンサーに賭けた。

「歩巳社長、あんたの会社の製品が、あんたの命を救うかどうかの瀬戸際《せとぎわ》だ。よく見ておきな」

歩巳社長は、今にも口から泡を吹きそうな状態だった。どんなに恐怖を煽《あお》るジェット・コースターでも、この飛行機に比べれば、子ども騙《だま》しみたいなものだと思った。

飛鳥は、操舵輪《ホイール》と、右目に当てたＯＷＬのモニターに全神経を集中させた。海面高度は、皆目見当《かいもく》も付かなかった。五〇メートルあるような気もしたが、ときどき、逆巻《さかま》く波が、明らかに水平線を埋め尽くしていた。レーザー高度計は、ゼロから一〇〇の間を行ったり来たりした。高度情報がうるさく鳴り響き、麗子がスイッチを切った。冗談でなく、波が機体の腹の下に出たアンテナの突起を洗った。

「こう高度が低くては、ミサイルで狙うわけにもいくまい！」

「接近してます。真後ろ。すでに視界内です！」

次の瞬間、バルカン砲の曳光弾が、左翼を走った。飛鳥は、視覚的攪乱のために、またフレアを放出した。暗闇のなかでのそれは、ほんの一瞬だがパイロットの視覚を奪った。

「前方に、新たな敵編隊出現！」

「万事休すかな……」

「距離五〇キロ。ミサイルが発射されました。スパローです！」

『スパロー』はセミ・アクティブ・レーダー誘導だ。チャフは、背後からの攻撃に対してはきわめて有効だが、前方からの攻撃には、機体がチャフの雲の前方へと抜けてしまうため、効果が半減した。

「間島、電子戦《ECM》をやってみるか？」

「了解、ようやっと俺の本領を発揮できますよ」

また曳光弾が駆け抜けた。今度は、右翼のごく近いところだった。

スパローは、まだ発射母機からのレーダー誘導で飛んでいる。スパロー自体の出力が弱いために、目標に接近するまでは、より大出力のレーダーを積む発射母機からの誘導が必要だった。間島は、その発射母機へ向けて電子妨害《ジャミング》を開始した。こと電子戦となると、大量の電力を供給できる《ブルドッグ》のほうが、戦闘機より上手《うわて》だった。

「おかしい……。妨害《ジャム》がかからない。何か、とてつもなく優秀なレーダー・システムを積んでます！」

「じゃあ、直接スパローへ向けてジャムをかけろ」

麗子は、パワー・レバーに置かれた飛鳥の右手に左手を重ねて、一瞬ヘルメットの中の男の顔を覗《のぞ》き込んだ。

「亮……」

そう呼びかけるのは、初めてだった。少なくとも、まじめに呼びかけたのは初めてだった。

「よせ！　俺はこんなところでくたばるつもりはない！　たかが六機ぐらい何だッ」

「駄目です！　最新のスパローです。ジャムがかかりません……」

「お前にできないとは、ふざけるな。たかがコンピュータ・チップを積んだミサイルだぞ！」

　その瞬間、無線がガサガサ鳴った。

「ブルドッグ01、こちら、〝スカイ・マスターズ〟。スパローか何かと勘違いしているようだが、こいつはメイド・イン・ジャパンの最新式のミサイルだ。ジャムをかけるような暇があったら、回避行動を取れ。ミサイルが何を狙っているのかも解らんのか？」

　日本語だった。聞き覚えのある、いかにも指揮官ぶった不遜《ふそん》な声だった。ホイールを手前へ戻して心もち安全な高度へ、ほんの二〇メートル上昇した。

「間島、ジャムを止めろ。あのミサイルのターゲットは後ろの敵で、前にいる奴は味方のF—15イーグルだ」

　間島はフウーと溜息を漏らした。

「イーグル戦闘機が相手じゃね、道理でジャムがかからないわけだ」

　頭上をミサイルが飛び越え、必死に回避行動を取る二機のF—5戦闘機に命中した。

「あれが噂に聞くAAM—4ですか。俺のジャムを躱《かわ》すとはねぇ……」

　飛鳥は、ゆっくりと上昇を始めた。

「〝スカイ・マスターズ〟、訓練空域からは、ちと外れているんじゃないのか？」

　丸山二佐は、機体を《ブルドッグ》に寄せながら、スピードを同調させた。

「まあ、《ブルドッグ》ばかりに3K任務をさせるのもどうかということになってな、佐竹さんが、それじゃあ、空自で最も優秀な新田原の諸君に行ってもらおうと、言われたんだ」

「嘘を言うな。お前なら俺の戦術を多少なりとも知っているから、支援の役に立つって言われたんだろう？　こんな遠くまで来て燃料は大丈夫なのか？」

「タンクを三本も抱いて来た。沖縄までは大丈夫だ。そっちはだいぶ派手にやったようだが、大丈夫か？」

「なんとかなるだろう。機体に穴が開いてて上昇できないんだ」

「了解。こっちは燃料が心配なんで、上空からしばらくエスコートする。幸運を祈る」

「感謝する」

「新田原に顔を出した時に、借りを返してもらうさ」

「わざと負けて見せろってのか？　そいつは断わる」

「友だちがいのない奴だ」

『イーグル』戦闘機が離れて行くと、飛鳥は自動操縦を高度一〇〇〇〇フィートにセットしてヘルメットを脱いだ。

「社長、命拾いしたんだから、娘さんと積もる話もあるでしょう」

「せっかくだが、膝ががくがくで満足に歩けん。母親が生きていて、これを見たら寝込むぞ……」

「東尾、しばらくコーパイを助けてくれ」

「了解」

飛鳥は、シートから立つと、キャビンを後ろへと歩いた。早見が、右手に成分血漿《けっしょう》のポリ容器を持ち、左手にライトを持って、横たわる尚美に翳《かざ》していた。

隣りに、冷たくなったステラがいた。

「おい……。何だよ?……」

柴崎は血塗《まみ》れになったまま、尚美の手を握り、聴診器を首筋に当てていた。

「お前さっき……、掠り傷だって……」

飛鳥は、すぐに事態が飲み込めなかった。受け入れることができなかった。

「機付き長がそう言えって……」

腰の辺りに巻かれた包帯が真っ赤に染まっていた。尚美の唇が微《かす》かに動いた。

「モルヒネが効いて、痛みはさしてないはずです」

「痛みはないって、そういう問題じゃないだろう!?……。お前、医者なら助けろよ!」

飛鳥はその場に座り込み、油にまみれた尚美の手を握った。尚美はうっすらと瞼《まぶた》を開いたが、その瞳に、もはや光はなかった。

「しっかりしろ、尚美! 一時間も飛べば沖縄だ」

「亮……」

尚美が定まらない瞳で呼びかけた。

「約束を……、守ってね。正太のこと」

「冗談を言うな！　正太を独《ひと》りにするつもりか⁉　気をしっかり持て」

「いい響きだわ……。第四エンジンが、間もなくオーバーロードするかも、しれないから……」

「そんなくだらないこと！……」

尚美が、残った力を振り絞って飛鳥の手を握り返した。

「あの子は独りじゃない。正太は解っているわ……いつも、私と父親が、あの子のそばにいてあげるから。いつも、いつまでも……」

尚美の魂《たましい》は、《ブルドッグ》を離れ、愛した男が待つ空へと旅立った。

それでも柴崎はカンフル剤を射ち、無言のまま一〇分近く心臓マッサージを続けた。

第四エンジンがバック・ファイアを起こし、麗子はエンジンを停止《クローズ》した。飛鳥は、その場に座り込んだまま、虚《うつ》ろな視線で「もういい……」と柴崎に告げた。

「他人にも分けてやりゃあいいものを、こいつら、他人の不運まで、しょい込みやがった……」

いつの間にか麗子が現われ、ピストルの銃口を早見の額に突きつけていた。

「貴男の野心のために、多くの無関係な人々が犠牲になったわ……」

「僕の野心じゃない。会社の利益のためですよ」

早見は平然と言ってのけた。

「リンチは止めたまえ。彼は日本の法律によって裁かれる」

前川大使が穏《おだ》やかに警告した。

「お断りします。この《ブルドッグ》には、法に優先するクルーの掟《おきて》があります」

合田士長が、察したように、ハッチを開けた。エンジンの轟音《ごうおん》がキャビンを圧倒した。麗子はピストルの撃鉄《ハンマー》を起こした。

「愛していたのよ、あのころの貴男を。本気だったのに……」

誰もその言葉を聞き取れなかった。早見は、無言のままハッチの外の、暗闇へと身を投げた。

台風の勢力圏内を脱すると、西の水平線には、まだ太陽の名残《なご》りが残っていた。傷ついた《ブルドッグ》は、傷ついたクルーを乗せ、銀翼を真っ赤に染めながら、『イーグル』戦闘機のエスコートを受けて那覇へと進路を取った。

エピローグ

《ブルドッグ》が小牧に帰還して三日後、角紅本社の取締役副社長の古谷と、歩巳社長が外務省の事務次官室を訪ねた。歩巳は事件後の健診を受けていた病院から直接で、古谷は、検察の事情聴取の合間を縫ってだった。小谷専務は、マニラ支店に対する不明朗な支出があったことの責任を問われ、特別背任の罪状で、すでに逮捕された後だった。もちろん、フィリピンを舞台に、人質誘拐や、ちょっとした軍事衝突が起きたことは、誰も関知しなかった。

マニラから寄せられた、明石二佐の最新のレポートでは、イリガン将軍は、NPAのルソン島北部最大の基地だったノース・ベース掃討作戦を敢行《かんこう》中に壮絶な戦死を遂《と》げ、郷里で盛大な葬式が営《いとな》まれた、ということだった。

マラカニアン宮殿は、この軍事衝突に関して声明を発表した。いわく、「イリガン将軍は、自らを犠牲としながらも、当地のゲリラ部隊を殲滅《せんめつ》した。よって、ブビヤン・プロジェクトは、何らの影響を受けることなく順調に進められるものである」

明石二佐がバック・チャンネルを通じて得た情報では、国籍不明の攻撃機とフィリピン軍との間に、激烈な戦闘が繰り広げられ、多大な犠牲を払ったが、ブビヤン・プロジェクトが擱座《かくざ》することなく遂行《すいこう》されるのであれば、フィリピン政府は、本事件をファイルから削除するにやぶさかでないとのことだった。そして、削除は実行された。

「国内的な処理ということになりますが、本事件は、行方不明となった、マニラ支店長と、調達本部長の、まったくの独断専行が起こした、許しがたい策謀であったと、わが社は結論づけております……」

その場には、和田事務次官のほかにも、鳴海と前川大使が同席していた。

「きわめて不愉快な事件でしたな。あやうく、前川君が異国の土となるところだった」

和田事務次官が大げさな調子で不快感を露《あらわ》にした。

「まったくです。マネジメントT＆I社の麻生さんが外務省のご出身ということに安心し、わが社もいささか用心が足りませんでしたな」

古谷は、窺《うかが》うような感じで言った。

「ほう……、そう来るかね。さすがは経済産業省仕込みのネゴシエーターだ」

「いえいえ。事実を指摘したまでで、口がすぎました」

「じつは次の異動でだね、局長クラスの再就職先が、二人ほどまだ決まっておらんで……」

「はい。角紅経済研究所の理事ポストと、角紅海外不動産の取締役に、ぜひ経験豊かな、外務省の人材が欲しいと思っておりまして」

「うん。まあ、そこいらへんが妥協点だろうな。二人ともそれでいいな？」

和田は二人とも、それで口のチャックを閉じるよう念押しした。鳴海は、頷きながらも歩巳に視線を向けた。

「ところで、私がお願いした例の件ですが……」

「ああそうでしたな。肝心なことだ」

歩巳が身を乗り出した。

「野際正太君の今後に関しては、就職問題を含めて、ということで、彼が成人するまで、わが社が物心両面にわたり、支援します。当然の義務です」

「結構」

「じつは麗子が、うちで引き取ってもいいと言っているんですが……」

「ご好意はありがたいが、本人のためにも、また麗子さんのためにも、それがベストだとは思えませんな。母親の遺言に従うのが一番でしょう。そういう意味で、角紅さんには、彼が世話になる教会への援助もお願いしたいと思います」

「解りました」

麗子が生まれた時からの、もちろん、まだ鳴海の妻子が元気だったころからの付き合いである歩巳社長を、鳴海は玄関まで送った。

「領事作戦部だとか言うんだそうですな?」

「領事なに?……。麗子さんがそんなことを?」

「いやいや、あいつはフィリピンでのこととなると、不機嫌になって、〝角紅の社長である貴方にあれこれ詮索《せんさく》する権利はない〟ってピシャリと言うんですよ」

「まあ、いいじゃないですか。貴方もお嬢様もご無事だったんですから」

「再婚なさらんのですか?」

「家族の思い出があれば充分ですよ。この歳になると、独り身のほうが気楽ですから」

「私も同感ですな。このごろ、あの娘は、料理に凝《こ》っとるんです。そのうち、実験台として招待しますよ」

「ぜひにも——」

まったくの外交辞令だった。さすがの鳴海も、ちょっとあの娘の料理を食してみたいという気持にはなれなかった。


麗子と飛鳥は、タクシーを降りると、校舎に沿《そ》って歩いた。ランドセルを背負った子どもたちが、道幅一杯に歩いて、車のクラクションが鳴っていた。

「ステラさんの遺骨は、早見さんのお墓に入るそうよ」

「俺はなんとなく、早見という男が憎めないいんだ。もし俺がサラリーマンになって、出世はともかく、会社のビジネスを成功させたいと思ったら、やっぱり同じことをやったかも知れない」

「世の中には、やっていいことと、いけないことがあるのよ。野際さんには、本当に遺族はいないの？」

　麗子は、早見の話を蒸し返されるのが厭《いや》だったらしく、すぐ話題を変えた。

「まったくいない。野際自身、捨て子だったし、尚美も家族構成は少なかったと聞いている。確か一人っ子だったはずだ。俺に扶養能力がない以上、野際が育った教会に預けるのが一番だろう。少なくとも、あいつは生まれついての孤児じゃない。それだけまだ恵まれている」

「ねえ、貴男さえよければ――」

「よしてくれ。俺はそういうしがらみは好かんのだ。子どもとキャッチ・ボールする旦那を見て微笑《ほほえ》ましく思えるのは、ほんの一瞬だぜ」

「それには、何となく同意するけれど……」

「親父はたいした男だったよ。昔、百里《ひゃくり》基地にいたころの武勇伝がある。俺と野際が、二機の国籍不明機《アンノウン》にファントム戦闘機スクランブルをかけた。その日は奴が隊長機を務めてた。アンノウン機は、フライト・プランを逸脱して飛んでいた米軍のイーグル戦闘機だとすぐ解ったんだが、連中が俺たちをからかうように飛ぶもんだから、こっちは頭に来てさ、空中戦を挑んで、背後へ回り込み、二機とも、撃墜《キル》を宣言してやった。基地へ帰ったら、米軍の面目を潰したっていうんで、一週間の飛行停止処分。だが、最新鋭のイーグルをファントムで撃墜したっていうんで、その夜は飛行隊を上げての祝杯だったよ」

グラウンドで、子どもたちがサッカーに興《きょう》じていた。

飛鳥は両手でメガホンを作ると、チームの後ろのほうにいた少年に声をかけた。

「まだ、学校休んでていいんじゃないの？」

「あいつの帰りを待っている人間はもういない。ここは、児童の半分が自衛隊関係者の子どもだ。二、三年に一度は、必ず誰かの親父が殉職する。学校側も子どもたちも慣れたもんさ」

半ズボンの日焼けした少年が、息をはずませながら駆け寄って来た。

「やあ、正太。昨日は話す暇がなかったな」

葬式は、小牧基地で、『ハーキュリーズ』編隊によるミッシングマン・フライトを伴って盛大に行なわれた。二階級特進した野際二尉が整備ライセンスを有する、二〇機余りの空自の作戦用航空機が、ずらりとエプロンに並べられた。

「おっちゃん、太ったよな」

「そうかぁ。喧嘩じゃ、まだ負けないぜ」

「まあ、あんまりくよくよすんなよ。人生ってのは、思うようにはいかないものだって。お袋が言ってたよ」

「せっかく、慰めてやろうと思って来たのに」

飛鳥は少年の肩に手を回して抱いた。

「親父の話をするか？」

「もう聞き飽きたよ。おじさんたちってのは何度も同じ話を繰り返すから厭《いや》になるよな。でも飛行機の話なら聞いてやってもいいよ」

「そうか、お前もパイロットになるか？」

「うん。だけど、自衛隊はごめんだよ。給料は安いし、仕事はきついし。僕はジャンボのパイロットになって、スチュワーデスと結婚して、外車を買うんだ」

「この野郎！……」

少年が、突然東の空を見上げた。子どもたちの喧噪《けんそう》を破って、C—130『ハーキュリーズ』輸送機が爆音を轟《とどろ》かせながら空中へ舞い上がった。

少年は、瞳を輝かせて、しばらくその航跡を追った。それは、飛鳥が十数年前、飛行学校で初めて出会った、あの澄んだ瞳と同じだった。

お前の親父は、最高のパイロットだった……。

本書は一九九七年一月に祥伝社より刊行された『大使奪還作戦　―シリーズ制圧攻撃機《ブルドッグ》出撃す―』を改題し、文庫化しました。

本作品はフィクションであり、実在の個人・団体などとは一切関係がありません。

文芸社文庫

大使奪還オペレーション
制圧攻撃機《ブルドッグ》突撃す

二〇一八年四月十五日　初版第一刷発行

著　者　大石英司
発行者　瓜谷綱延
発行所　株式会社　文芸社
〒一六〇-〇〇二二
東京都新宿区新宿一-一〇-一
電話　〇三-五三六九-三〇六〇（代表）
〇三-五三六九-二二九九（販売）
印刷所　図書印刷株式会社
装幀者　三村淳

ISBN978-4-286-19689-3

［文芸社文庫　既刊本］

贅沢なキスをしよう。
中谷彰宏

いいエッチをしていると、ふだんが「いい表情」に。「快感で人は生まれ変われる」その具体例をあげて、心を開くだけで、感じられるヒント満載！

全力で、1ミリ進もう。
中谷彰宏

失敗は、いくらしてもいいのです。やってはいけないことは、失望です。過去にとらわれず、未来から今を生きる――勇気が生まれるコトバが満載。

フェイスブック・ツイッター時代に使いたくなる「孫子の兵法」
村上隆英監修　安恒　理

古代中国で誕生した兵法書『孫子』は現代のビジネス現場で十分に活用できる。2500年間うけつがれてきた、情報の活かし方で、差をつけよう！

「長生き」が地球を滅ぼす
本川達雄

生物学的時間。この新しい時間で現代社会をとらえると、少子化、高齢化、エネルギー問題等が解消される――？　人類の時間観を覆す画期的生物論。

放射性物質から身を守る食品
伊藤　翠

福島第一原発事故はチェルノブイリと同じレベル7に。長崎被ばく医師の体験からも証明された「食養学」の効用。内部被ばくを防ぐ処方箋！